ちくま文庫

ビーの話

群ようこ

目次

ビーの話

挿画　坂崎千春

名前はビーだな

私の家には毎日、隣の家の猫が出入りしている。ビーという名前のシャム猫である。年齢は十二歳。一九八五年七月、麻布生まれ、神楽坂育ち。人間でいえば還暦くらいのオス（去勢済み）だ。ビーの最初の飼い主は私の友人のアリヅカさんである。七年程飼っていたのだが、突然、彼女に喘息が出るようになってしまい、友人のモリタさんに住まいごと譲り渡した。その居抜き猫つきの部屋が、私の住むマンションの隣の部屋なのだ。

私たちの住んでいる階には、うちとモリタさん宅と二部屋しかないため、私たちもビーも、無法地帯のように暮らしている。ビーはベランダの仕切りの下のすきまをくぐって、好きなときにうちにやってくる。また私たちはサンダルばきで、お互いを行き来しあっては、到来物のお裾分けなんかをしている。アリヅカさんも歩いて二分程の場所に住んでいるため、おばさん三人はビーを囲み、かわいがったり、ちょっかいを出したりして、ぼちぼち暮らしているのである。

アリヅカさんはもともと猫は好きだったが、飼うつもりはなかった。仕事は不規則だし、地方や外国に行く機会も多い。とてもじゃないけど生き物を飼う余裕はなかった。ところがある日、知り合いから、

「友だちのところに猫が生まれたから、もらってやってくれないかな」

と頼まれた。

「動物は飼うつもりはないから」

と断っても、相手は見るだけでいいからと、食い下がってくる。あまりにいうので、

「じゃ、見るだけ」

といって、彼女はミニ・クーパーに乗って猫を見に行ったのである。

猫の飼い主は麻布に住むグラフィックデザイナーの二十代の夫婦だった。

「あの子がお父さんのハッシー、こっちがお母さんのキメです」

どちらもとってもかわいい顔立ちの、シャム猫だった。お父さんのほうは内気らしく、アリヅカさんが部屋の中に入っていくと、ベランダのほうにとことこと歩いていって、カーテンの陰から、そーっと様子を窺っていた。一方、母猫というものは、他人が仔猫のそばに寄っていくと、警戒して威嚇したり、体で隠そうとしたりするものである。と

ころがキメは違った。フーッというどころか、ごろごろと喉を鳴らしながら、アリヅカさんの足元にすり寄り、

「ねえ、こんな子供たちよりも、私を連れていってくれないかしらん」

といったような風情でしなをつくり、アリヅカさんに体をすりすりして甘えていた。

「子供はこっちにいるんですけど」

遠慮がちに案内しながら、夫婦の目は、

「お願い。仔猫をもらって！」

と訴えていた。

「ああ、はあ……」

隣の部屋の箱の中で、仔猫がもそもそと動いている。器量好しの両親から生まれた子供たちは、みんな美形でかわいらしかった。オスはブルーのマジック、メスは赤いマジックで首のところに印がつけられていた。いくら見るだけのつもりでも、動物好きな人がかわいい仔猫を見たら、心を動かされるに決まっている。自分の住居に問題がなければなおさらだ。

「かわいいでしょう、ねっ」

まんざらでもないアリヅカさんの様子を見て、夫婦はプッシュしてきた。

「ああ、そうですねえ」

仔猫たちが固まってもそもそしているなかで、一匹だけ、ふらふらと単独行動をしているオスがいた。兄弟が何をやっていても、我関せずで、自分だけ勝手にやっているという感じであった。

「餌もつけますから。お願いします」

夫婦はアリヅカさんにむかって何度も頭を下げた。

「うーん」

しばし彼女は悩んだが、もともと頼まれるといやといえない性格でもあり、結局、ふらふらしていた仔猫をもらってきた。ただ見るだけのつもりだったのに、帰りは車に仔猫とカリカリタイプの餌を乗っけていたのであった。車に乗っているときも、仔猫は鳴くわけでもなく、暴れるわけでもなく、とてもおとなしかった。

家に戻り、

「はい」

と歩かせてやると、興味津々で部屋の中を歩きまわっていたが、お腹がすいたらしく、アリヅカさんの顔を見上げて、

「ビービー」

と鳴いた。

「名前はビーだな」

鳴き声を聞いて即座に名前は決まり、美形のシャムの両親から生まれた仔猫は、人間社会のなかで「ビー」として、第一歩を踏み出したのである。

しかし仔猫ビーの第一歩はなかなか大変であった。アリヅカさんは仕事が忙しく、日中、一緒にいられるわけではない。とにかくビーはのっけから、お留守番という状況を強いられたのである。

「行ってくるからね」

そういうと玄関でちょこんと座って、ちょっと首をかしげている。そして夜遅く、彼女が仕事を終えて帰ってくると、まだ小さいビーがまるで転がるように走ってきて、足元にまとわりつく。

「絶対、離れません!」

という状態で、ぴったりとへばりつくのだった。

ベッドに入ると、ビーは隣で横になっている。寝るまでの間、本を読んでいた彼女が、本をぱたんと閉じ、

「もう、寝ようか」

と声をかけると、腕の中にするすると入ってきて、腕枕をしてもらって寝る。しかしそれから少し大きくなると、ビーはそのままじっとベッドで寝ていることがなくなった。アリヅカさんがうつらうつらしていると、突然、ビーが起き出す。そして、

「カリカリ」

と餌を食べている音がしたかと思うと、またベッドに戻ってきて、

「ふー」

とため息をつき、アリヅカさんの腕の中にもぐりこむという行動をとるようになったのだ。

不思議に思った彼女が、寝る前に餌入れを見ると、毎晩、必ずカリカリが三、四粒残してある。どうやらわざと残しておいて、本格的に寝に入る前の楽しみとして、ビーがとっておいたようなのだ。どういう考えかわからないが、とにかくビーは自分で寝るための儀式を作っていたのであった。

ふだん一緒にいられないからといって、彼女の飼い方は、仔猫べったりの猫かわいがりではなかった。女性がよくやるように、

「ビーちゃんでしゅか、ママでちゅよ」

などと、赤ちゃん言葉で話しかけるなんて言語道断。ぱきっとした軍隊方式でしつけた。

「ビー!」

「ニャッ」

アリヅカさんが名前を呼んだら、ビーはお座りをして短いきっぱりとしたお返事。こ

れが基本であった。まるで男の子がやるように、手荒く扱っても、ビーはいやがらず、うれしそうに喉をごろごろと鳴らしていた。二人の関係は鬼軍曹と二等兵のようだったのだ。

動物を飼っていて、いちばん困るのが遠出をするときである。彼女は地方に行く仕事も多く、ビーをどうするかは、悩みの種だった。そのとき、顔見知りのダンサーの女性が、

「私、猫が好きだから、面倒を見てあげますよ」

といってくれた。猫が好きな人がそばにいてくれるならと、地方に行くとき、彼女に来てもらって、ビーの世話を頼んだ。ところが帰ってきたら、彼女は、

「もう、私、できません」

と訴えた。どうしたのかと聞いたら、アリヅカさんが帰ってくるまでの間、どんなに面倒を見ても、遊ぼうとしても、ずーっと鳴き続けていて、閉口したというのである。

「それは大変だったわね」

と彼女をねぎらったのだが、ふだん、そんなに鳴いたこともないビーが、何日も鳴き続けるなんてどういうわけだろうかと首をひねった。ところがいろいろな人が家に出入りするうちに、ビーはとても人の好き嫌いが激しいということがわかったのである。

ビーがいちばん嫌いなのは、うるさい人、大声を出す人である。もともとは人好きな

質なのだが、声が大きい人のそばには絶対に寄ってこない。たまたまその人が猫が好きで、

「ビー、おいで」

と呼んでも、絶対に姿を現さないのだ。

このタイプははっきりと嫌われる理由がわかるのであるが、大声を出すわけではないのに、ビーに嫌われる人がいた。あれだけ人好きな猫なのに、すり寄っていかない。なんだかわからないけれど、ビーの肌に合わないタイプの人がいるらしい。それはアリヅカさんにも全く見当がつかないのだが、ダンサーの女性も、この範疇に入っていて、嫌われたようなのだった。

アリヅカさんの仕事はますます忙しくなってきて、家にほとんど帰れない状態が続きそうな気配だった。ビーのこともあり、頭を悩ませていたところ、知り合いの家族が、預かってくれるというので、仕方なく頼むことにした。餌をたっぷり積んで、ビーを車に乗せて家まで届けた。夫婦と中学生の男の子二人がいる家庭であった。ビーは預けられたときも、いやがるわけでもなく、ただきょとんとしているだけである。この家族はビーの嫌いなタイプではないとアリヅカさんは安心し、ビーをその家に置いていった。そして毎日、忙しい日が続き、睡眠時間も三時間とれればいいような状態が続いた。そして、ふと気がついたら、ビーをその家に預けてから、二カ月も過ぎていた。

「これは大変だ」

とあわててビーを引き取りに行ったらば、預けた家庭はとんでもないことになっていたのである。

ビーを預けたとき、その家族は何の問題もない、ごくごく普通の家庭であった。ところが預けている間に、夫婦仲が悪くなり、奥さんが家を出て別居してしまった。もちろんビーは家に残されたままである。家に残っているのは父親と息子が二人。いるのは自分たちの飼い猫ではなく、人から預かった猫である。餌をやり、それなりにかわいがってはくれたのだろうが、中学生の男の子たちは家の中で猫と遊ぶよりは、友だちと遊んでいるほうが楽しいに決まっている。父親は帰るのが夜中である。

「私もひどいことをしたと思うわ」

と彼女はそのときのことを思い出していっていたが、あわてて引き取りにいったとき、ビーの首とお腹には、五百円玉くらいのハゲができていた。かわいそうにストレスがたまって、円形脱毛症になっていたのである。

二カ月ぶりにアリヅカさんに再会したビーは、一生懸命、頭をこすりつけてきた。他人の家に預けられ、夫婦の喧嘩を聞かされ、自分が望んでいるようにかわいがってはもらえない。人好きな猫がかわいがってもらえないのはさぞかし辛いことだったと思う。家に連れて帰ったら、すぐにハゲは完治した。しかしそれ以来、ビーは車が苦手になっ

た。仔猫のときは車に乗っていても、とってもおとなしかったのに、このとき以来、車に乗せられると、乗っている間、

「おーおーおー」

とずーっと鳴いている。まるで、

「やだよー」

といっているようなのである。きっと車に乗せられると、ハゲを作ったときのことを鮮明に思いだし、「やだよー」状態になってしまうのではないだろうか。真実はビーにしかわからないのであるが、車が嫌な思い出とつながっているのは、間違いないと思うのである。

それでもビーはそれからも、あちらこちらに預けられた。相手の家の人はみんなビーをかわいがってくれる。なかには、

「とってもかわいいから、ゆずってくれないか」

といわれたこともある。しかし引き取りに行ったアリヅカさんは、ビーがちゃんとなついているようでも、心底、心を許していないことがわかった。よく人を見ていて、

「こういうときは、こうするのがいちばんいい」

と、うまーく態度を変えているのがわかったからである。

「こいつは、いける」

と思うと、にゃーにゃーと鳴いて、自分の好きなようにこき使う。押しに弱いタイプの人だとわかると、ぐいぐいと攻めていく。いわれているほうの人間は、ビーがかわいいから、

「はい、わかった、わかった」

といいながら、面倒を見る。また、押しがきかないタイプの人には、すり寄って甘えてみせる。そしてうまいこと、御飯を多めにもらったり、遊んでもらったりしていたのである。

「あんたって、意外とずるいのね」

アリヅカさんがそういうと、知らんぷりをしている。

「何のことでしょうか」

としらばっくれているのだ。ビーにとって彼女は何よりも怖い鬼軍曹なので、絶対服従を強いられる。ビーはそのうさばらしを、預けられたときにしていたのだ。

器量好しで概して評判のいいビーではあったが、アリヅカさんには悩みがあった。それはビーがおしっこをするのがとても下手なことだった。トイレの場所は一度で覚えた。あちらこちらで粗相をすることもない。いちおうトイレで用は足すのだが、そのやり方が、ものすごいのである。おしっこをするとき、多少、腰を落としてするものだが、ビーは腰を落とすことがめったにない。歩いているときと同じ体勢でするものだから、全

部、トイレの外に出てしまう。それでも当のビーはトイレの中にしたつもりで、猫砂を前足でかさかさとかき集めるしぐさをして、してもいないおしっこを隠そうとするのだった。

いくら叱っても、効き目はない。たまーに上手に用が足せると、

「偉いねえ」

と大げさに誉める。めったに誉めない鬼軍曹が誉めてくれるのだから、ビーはとっても喜ぶ。誉められるのがビーは大好きで、そうしてもらうと鼻の穴がぶーっとふくらんで、ものすごく得意そうな顔になるのだ。ところが誉めちぎって、その気にさせようとしても、それはそのときだけのことで、次はまた大放出になってしまうのだった。

仔猫のときはちゃんと用を足すことができた。体も小さいから多少遠くに飛んだとしても、知れていた。ところが大きくなってきたら、まともにおしっこがトイレにしてあることのほうが少なくなってきた。それではと大きなトイレを買ってきてやると、それでも外に大放出する。疲れて帰ってきたアリヅカさんが、外に飛ばされたビーのおしっこを踏んでしまったのも、一度や二度ではない。猫のおしっこは臭いがきつく、お気に入りの靴下を何度もだめにして、彼女はほとほと困っていた。粗相をするたびに叱るのだが、いっこうにビーの尻癖は治る気配がない。最後の手段で、屋根のついたドーム型のトイレを見つけ、それを置いてみたら、今度はおしっこは外には出ないものの、臭い

がこもって部屋に充満し、頭がくらくらしてくる始末だった。

それから十年以上経っているのに、未だにビーの尻癖は治らない。アリヅカさんがふざけて、適当に節をつけながら、

「ビーの取り柄は顔だけ、顔が命のビー」

と歌うと、ビーはくるりと後ろを向いてしまう。その茶色の背中には、

「知らないよ」

と書いてあるかのようだ。

「どうしてあんたは、いつまでもこうなのかねえ」

モリタさんがため息をつく。ビーの体は後ろを向いているのに、耳はしっかりとこちらのほうを向き、私たちが何というか気になって仕方がないのである。

「あーあ、こんなことじゃ大変だから、ちゃんとおしっこができる、かわいい仔猫でも飼おうかな。ビーちゃんも歳をとってきたし」

ビーはこういう話題が大嫌いである。特におしっこのことをいわれると、

「うぇーうぇー」

と怒る。声の感じからして、まさに、

「そんなことをいうな」

といっているとしか思えないのだ。それでも、

「何いってんの。あんたがいけないんでしょ」

とモリタさんにお尻を叩かれると、耳をぺたんと後ろに倒し、

「これはいかん」

状態になる。そしてまた知らんぷりを装いながら、何事もなかったかのように部屋の中を歩きまわり、私たちの様子をうかがっていて、もう怒られないと思うと、喉を鳴らしながら甘えてくるのだ。十二歳のビーは、猫なりの経験と本能によって、いろいろなことを考えている。そして私たちの毎日は、ビーに笑わされたり困らせられたりの、猫と人間の化かし合いみたいな日々なのである。

「ためながビー」って何のこと？

私がビーにいちばん最初に会ったのは、今から四年前のことだった。モリタさんの家に遊びに行って、そこで対面したのである。ビーは玄関までやってきて座っていた。とても人が好きな猫なので、お客さんがくるといちおうチェックしに来るという話であった。

「ビーちゃん、こんにちは」

挨拶をすると、私の顔を見上げて尻尾を左右に振った。リビングのソファに座っていると、周りをうろうろと歩き、ふんふんと私の匂いを嗅いだり、じーっと顔を見上げたりしていた。

「あなたのこと、気に入ったみたいよ」

アリヅカさんがいった。ビーは嫌いなタイプの人だと寄ってもこないで、さっさとモリタさんのベッドルームか、押入に入って寝てしまうのだといっていた。

「おいで」

まだ遠慮をしているのか、触ってみるとちょっと体が固かったが、頭を撫でてやると目をつぶってじっとしていた。

当時モリタさんの隣の部屋には、四人家族が住んでいた。彼女は彼らの迷惑になってはいけないと、ベランダの境の壁の下の隙間を、ビーが行けないようにブロックやレンガでふさいでいた。ある日、モリタさんがベランダの掃除を終え、ふと気がつくとビーの姿が見えない。何度、名前を呼んでも出てこない。

「もしかしたら……」

ブロックやレンガをどけたままで、ベランダを掃除していたので、そのすきにどうやら脱走したらしいのであった。隣のチャイムを鳴らすと、あいにく留守だった。あわててベランダから大声で、

「ビーちゃん、帰ってらっしゃい」

と叫んでも、何の返事もない。そこで彼女は、とりあえずブロックをずらしてビーが戻ってこられるように道を作り、柵をまたいで乗り越えて、隣の家のベランダに入っていった。そしてそーっと部屋の中をのぞいてみたら、ビーは日本間にいた。少し開けてあった窓から侵入し、座布団の上で上を向いて熟睡していたというのであった。

「こら、何やってんの」

何度か叱って、やっとビーは目を醒ました。そして、怒っているモリタさんの顔を見て、

「うにゃにゃー」

と何事か叫びながら、一目散にブロックの隙間から家に帰っていったのである。

そんなことがあったので、私がモリタさんの隣の部屋に引っ越すことが決まったとき、彼女は、

「よかった。これでちょっとは安心できるわ」

とつぶやいた。私はビーが遊びに来るのは大歓迎だったので、

「ベランダの壁の下のブロックやレンガは、取っちゃっていいからね」

といい、ビーに毎日会うのを楽しみに、引っ越してきたのであった。

引っ越しはアリヅカさんやモリタさんなど、付近に住む友だちが手伝いに来てくれて、あっという間に終わった。ひととおり物も収まり、ほっとしてリビングに座ってお茶を飲んでいると、ものすごい勢いでビーがベランダに走ってきた。なにかをくわえている。

「どうしたの」

びっくりしている私たちの前にビーはちょこんと座った。くわえていたのは、棒の端から糸が垂れていて、その先に布の束がくくりつけてある、猫じゃらしのおもちゃだっ

た。

「これ、ビーが大好きなおもちゃなのよ」

ビーは隣に知っている人が引っ越してきて、二軒分のベランダを行き来できるのがうれしくてたまらなくなったらしく、自分の大好きなおもちゃを持って、遊びにきたのであった。

「ほどほどにしといたほうがいいよ。癖になるから」

アリヅカさんはいったが、ビーのほうはおもちゃを私の目の前に置いて、じっと顔を見ている。

「はいはい。遊べばいいのね」

棒を持って左右に振ると、ビーはころころと転がりながら、布の束にじゃれつこうとする。最初はしぐさがかわいいから、私も喜んでやっていたが、さすがに何分も続けていると、飽きてくる。しかしビーのほうは飽きる気配が全くないのだ。

ビーは、ためが長い猫としても有名である。「ためながビー」とも呼ばれている。たとえば猫はおもちゃで遊ぶときも、獲物をねらうときも、じーっと腰を落として力をため、獲物の動きを観察しておいて、飛びつくものだ。ビーも同じなのだがじーっと腰を落としてからが、ものすごく長い。こっちは普通の猫のつもりで、猫じゃらしを左右に動かしながら、そろそろかな、もう飛びついてくるだろうと想像する。しかしその想像

を見事に覆し、ビーはいつまでたっても飛びつく気配がないのである。その気がないのかと、遊ぶのをやめると、

「うにゃー」

と不満そうに鳴く。

「なんだ、遊ぶの」

とまた猫じゃらしを動かしても、ビーはまたずーっとためたままで、目だけがきょろきょろ動く始末であった。

ビーがうちにその猫じゃらしをキープしたかったらしいので、私はそれを預かり、ビーの要望があれば、それを出してきて遊んでやっていた。あるとき、モリタさんが仕事で地方に行くことになり、一週間ほどビーを預かった。飼い主がいないのが気になるのか、一日に何度かベランダづたいに家に帰っては、とぼとぼと戻ってきて、

「にゃー」

と私の顔を見上げて鳴いた。

「お母さんはしばらくしたら帰ってくるからね」

私はビーが寂しい思いをしないようにと、精一杯、気を遣っていた。

食べ物の好き嫌いも多いので、同じ物が続くとすぐ飽きる。それではと別のキャットフードを買ってきても、匂いをかいで気に入らないと、

「ふん」

とそっぽをむいている。

「もったいないから、食べなさい」

といっても、台所に座って、

「にゃあにゃあ」

と訴える。食べ物で贅沢をいわせるときりがないので、

「のらの猫たちは、選り好みしないで、何でも食べるんだよ。あんたもそんなに贅沢をいっちゃだめ」

と叱るのだが、わかっているんだか、わかっていないんだか、しつこく、

「にゃあにゃあ」

と訴え続ける。あまりにうるさいので、無視していると、鳴き方はますますしつこくなり、まるで、

「やだったら、やだ！」

といっているような「にゃあ」になる。怒っているのが手に取るようにわかる鳴き方なのだ。

「それしかないの」

そういってつっぱねてやると、やっともそもそと食べ始め、

「ちぇっ」

というような顔で、ごろりと床に横になり、ぺろぺろと体をなめはじめるのである。

食べ物はいうことをきかせるが、遊びのほうは別である。やっぱり猫じゃらしがいちばん好きなので、これをやっていれば機嫌がいいだろうと、私は毎日猫じゃらしを手に取った。それを見たビーは、目が輝く。近寄ってじゃれつくこともあれば、つつっと遠くに走って行き、そこからじっと様子をうかがっていることもあった。猫なりに遊びにも変化がつくように工夫しているようであった。ドアのかげ、椅子の下など、あちらこちらに場所を変えながら、猫じゃらしに飛びつくタイミングをはかっている。そしてビーは私の背後にまわった。

「そうか、今日は後ろから飛びつく考えなんだな」

そう思った私は、

「ビーちゃん、ほらほら」

などと絶え間なく猫じゃらしを動かしながら、猫なで声を出していた。ところがいつまでたっても、飛びついてくる気配がない。いくらためが長いとはいえ、長すぎるんじゃないかと思って、ふっと後ろを振り返ったら、何とビーは、こちらにお尻の穴をむけて、しゃこしゃことおかかを食べていたのである。

「ふざけるのも、いい加減にしろ!」

このときほど頭にきたことはない。気を遣い、寂しくないようにと思っているのに、その態度は何事であるか。怒っても、ビーは口のまわりにおかかをくっつけたまま、不思議そうに私の顔を見ていた。それ以来、私は、自分が飽きたら猫じゃらしをするのはやめにすることにした。

ビーはマイペースである。わがままでもある。人が来ても自分のペースで近づきたいので、人間のほうからすり寄ってこられるのは、とても迷惑らしい。ビーを預かっているとき、某デパートの女性が二人やってきた。一人は私が用件を頼んだ人で、もう一人の年配の女性は、モリタさんへの届け物を持ってきた人であった。ビーはお客さんがやってきたので、私の背後から、様子をうかがっていた。すると年配のほうの女性が、

「まあ、かわいい猫ちゃん」

とビーに目尻を下げた。

「うちにも猫がいるんですよ。でもこんなにかわいい猫ちゃんじゃないの。雑種で太っ

ちゃっててねえ」

　とビーに目が釘付けになっている。

「でも雑種ってかわいいですよね。この猫はモリタさんの家の猫で、預かっているんですよ」

　と話すと、

「本当にかわいいわあ」

　と目はビーを追っている。ビーも誉められるとすぐ鼻の穴が開いて、うれしくなっちゃう単純なタイプなので、そろりそろりと彼女のほうに寄っていった。そのとき予期しないことが起きた。彼女が近づいてきたビーの前足をむんずとつかんで引き寄せ、

「いやーん、かわいいっ」

　といいながら、その豊満な胸にぎゅーっと抱きしめたのである。ビーには逃げる暇なんぞなかった。私もびっくりして、

「ああ、あ、あ」

　と思わず小さな声を上げ、腰が浮いてしまった。

「かわいいっ」

　彼女はビーをぎゅっと抱きしめたまま、頬ずりし続けている。ビーはといえば、あまりに突然のことで、ただされるがままになっていたが、目をぐっとつぶり、じっと耐え

ていた。あまりの驚きを物語るかのように、手足は指がぱっと開いたパーの形のまま、固まっていた。

「かわいいですねえ」

彼女はしばらくして、ビーを解放した。ビーの毛は全体的に逆立ち、

「何がなにやら、わかりません」

といったふうに、呆然としていた。そしてやっと現実に戻ったのか、ささっとドアの陰に身を隠し、じーっと彼女のことをにらみつけていた。

ビーを抱きしめて満足した彼女は、

「それではわたくし、お先に失礼させていただきます」

と帰っていった。

「ビーちゃん、またね」

と手を振ったが、ビーは上目遣いで身を固くしていた。

「私、猫に好かれたことがないんです」

もう一人の女性がいった。

「そんなことはないと思うけど」

ビーは危険が去ったので、また私たちの周りをうろうろしはじめた。そしてソファに座っている彼女の足元に座り、じーっと顔を見上げている。

「やだ、どうしよう」

　彼女はいった。

「猫にこんなに見つめられたことがないから、何だか照れちゃいます」

　ビーは丸い目で、穴のあくほど彼女の顔を見つめ、そしてソファの上にぽんと飛び乗り、そこからまた、顔を見上げた。

「何かついてる？」

　彼女は照れて顔が赤くなっている。次にビーはソファの背もたれの上に飛び移った。そして今度は背後から、彼女のうなじの匂いをふんふんと嗅ぎはじめたのである。

「やだねえ、ビーちゃん、スケベおやじみたいじゃないの」

　私が笑うと、彼女は、

「え、何をしてるんですか」

といい う。

「あなたのうなじの匂いを嗅いでいるのよ」

　そういうと、

「やだ、ちゃんと朝、シャワーを浴びてきたんですけど、まさか臭いんじゃないでしょうね」

　彼女はしきりに後ろを気にしていたが、ビーはそんなことにはおかまいなく、ふんふんと鼻の穴を広げたりつぼませたりしていた。

彼女が帰るというので、

「ほら、お姉さんが帰るって」

とビーにいうと、ビーは私たちの後にくっついて玄関までいき、そこでちゃんとお座りをして、彼女を見送った。彼女は感激して、

「猫にこんなことをしてもらったのは、はじめてです。家に帰ったら、主人に話します」

とひどくうれしそうだった。ビーは彼女が気にいったようで、それからも、

「お姉さんが、一時に来るよ」

というと、不思議にもその時間ぴったりに姿を現すようになった。そしてうなじの匂いは嗅がないまでも、そばにいて、じーっと顔を見上げることはずっと続いているのである。

一度だけ、うちの母親とビーは顔を合わせている。それまでにも彼女はビーの声だけは聞いていた。電話で話していると、ビーは最初は黙っているのだが、五分、十分と話していると、自分がかまってもらえないので、

「うにゃー」

とそばにきて鳴く。それを無視して話し続けていると、今度は私の体を前足で触りな

がら、

「うにゃー、うにゃー」

と鳴き続け、それでも知らんぷりしていると受話器に向かってもっと大きな声で、

「うにゃあ」

と邪魔するのだ。

母親との電話は、相手がなかなか切らないものだから、おのずと長電話になる。そうなるとビーはだんだんいらついてくる。母親は動物好きなので、ちょっとでも鳴き声がすると、

「あら、猫がいるの？」

「ビーちゃんを預かっているんだよ」

と敏感に反応する。

というと、

「猫がいるの。いいわねえ」

といい、受話器の向こうから、

「ビーちゃん、ビーちゃん。おばちゃんよ」

などと大声で語りかけたりする。ビーは、

「早くやめろ」

と文句をいっているのに、母親のほうは、自分のいったことに応えてくれているのだと勘違いして、

「ビーちゃん、まあ、お返事できていい子ねえ」

などと喜んでいる始末であった。

母親がうちに遊びにきたとき、ビーがやってきた。

「まあ、ビーちゃんって、いい猫だったのね」

うちは雑種にしか縁がなかったので、猫といえば雑種としか思っていなかったらしいのだ。ビーは動物が大好きなおばさんがやってきたのは理解したようだったが、やはり慎重だった。ソファに座った母親の横に行き、ふんふんと匂いを嗅いでまわっている。

「ビーちゃん、いらっしゃい」

彼女が自分の膝を叩いても、ビーは首をかしげて膝の上に乗ろうとしない。それよりも、匂いに執着して、様子をうかがっている。匂いで何がわかるのか、こちらにはわからないが、ビーにとっては重要なことのようだった。

そのときしびれを切らした母親が、

「ほら、おいで」

といって、抱き寄せようとした。ビーはさっと床に降りて、ちょっと距離を置いた。

「ビーは、自分のペースでやらなきゃ嫌な猫なんだから、ほっといたほうがいいの」

といっても、早くビーを抱っこしたい母親は、

「あら、そうなの？」

と不満そうである。ところがビーのほうも嫌ならば、ぱっと逃げればいいのに、そうではない。レースのカーテンの後ろに入り込んで、カーテンごしにじーっと母親を見つめている。

「あんた、そんなところで何やってんの。見にくいでしょう」

といっても、レースのカーテンの陰から出てこない。そばに行きたいけど、まだちょっと怖い。ビーにとってはレースのカーテン一枚分、まだ距離を置きたかったらしい。母親はいまだにそのことを覚えていて、

「今度行ったときは、カーテンの陰から出てきてくれるかしら」

と、気にしているのである。

「きたな通り」、「きれい通り」の猫たち

私の住んでいる地域は、昔ながらの静かな住宅地で、マンションが立ち並んでいるような場所ではない。一戸建ての家が多く、犬や猫を飼っているお宅も相当数ある。その逆に猫を嫌い、ペットボトルに水を入れて、ずらっと並べている家もある。しかし猫のほうはそんなことなど全く関係なく、塀の上にまで置いてあるペットボトルの隙間で、気持ちよさそうに寝ていたりするのだ。

ビーの飼い主であるモリタさんと、私が名付けた「きたな通り」、「きれい通り」という路地がある。「きたな通り」というのは、毛が汚れていて、迫力満点なのら猫がいる通りで、「きれい通り」というのはまるで飼い猫のように、きれいなのら猫がいる路地である。

「きたな通り」には世話役のおじいちゃんとおばあちゃん夫婦がいる。アパートを何軒

か所有している大家さんなのだが、いつも猫たちはおじいちゃんの家の周辺をうろうろしているのだ。

朝、おじいちゃんの家の横にある集積場にゴミを捨てに行くと、おじいちゃんとおばあちゃんは、七匹の猫に餌をやっている。どの猫も尻尾はぴんぴんに立っていて、二人の脚に体をこすりつけ、ごろごろと喉を鳴らしている。そして夕方になると、三々五々おじいちゃんの家のガレージに集まってきて、晩御飯を待っているようなのである。

そこに集まっている猫は見事に「きたな系」だ。キジトラ、茶トラ、黒白のぶちなど、典型的な和猫ばかりだが、どの猫もむすっとしている。むすっとしているうえに、どことなく毛が薄汚れている。おじいちゃんたちには、とても愛想がいいのだが、私が声をかけても冷たい対応しかしてくれないのだ。

私がのら猫に話しかけたりすると、たいていは、すり寄ってきたり、鳴いたりする。そこまではしなくても、

「ん?」

というような素振りでこっちを見ていたりする。ところが「きたな通り」の猫たちは、筋金入りの愛想の悪さで、またそれがかわいい。キジトラがガレージの車の上で、うーんと伸びをしているので、

「どう、元気?」

と声をかけると、こちらを振り返った。ところがその目つきが、

「何だ、お前はよ」

というような目つきで、私は思わず笑ってしまった。その話をモリタさんにすると、

「そうなのよ。あそこの子たちは、本当に無愛想なのよ。私も声をかけたら、『ふんっ』っていうような顔をされたわ」

といって笑っていた。その七匹の猫たちは、それぞれのテリトリーを守りつつ、仲良くやっているようで、騒動を起こしているのを見たことはない。その点、猫なりに決まりがあるようなのだ。

その無愛想猫たちのなかで、モリタさんのいちばんのお気に入りが、「きたなマスク」と我々が名付けたオス猫である。白と黒のぶちで、顔面にアイマスクをつけたような黒い柄がある。体は大きいのだが、見ていると気がよすぎて、ボスになれないようなのだ。自分より体が小さい茶トラやキジトラに遠慮をして、おじいちゃんたちが餌を並べはじめても、食べに行かない。みんながもらったのを見届けて、

「それじゃ、おれも」

といった感じで、余った発泡スチロールのお皿に歩み寄っていく。そして車の上でキジトラが、がーっと寝ているのに割り込みもせず、自分はおじいちゃんの家の門柱の陰で、揃えた両前脚の上に顎をのせて、くーっと寝ているのだ。

モリタさんは彼が大好きなものだから、

「おーい、きたなマスク」

と声をかける。すると彼はちらっとこちらを見て、そのまま立ち止まってしまう。

「ねえ、何やってんの」

といっても、知らんぷりをしてそっぽを向いている。

「あらー、愛想がないのね」

しかしモリタさんが声をかけるたびに、短い尻尾がぴんと立つのである。話しかけられるのはうれしいが、すり寄るのはちょっとと思っているらしい。生まれたときは真っ白だった地の部分も、ほとんどグレーになっているのだが、憎めない雰囲気を漂わせている。いつも路地のいちばんはじっこを、遠慮がちに歩いているのもかわいい。きたなマスクの姿が見えないと、そのたびにモリタさんは、

「何かあったのかしら」

と心配するのだ。

一方、「きれい通り」にいるのは、親子三代である。こちらの世話役はオオガワラさんという中年の夫婦である。オオガワラさんの家にはビーと同じ、トンキニーズのメスがいる。一度、家の前で交通事故に遭ってから外に出なくなり、ずっと家の中にいるのだといっていた。ある日、オオガワラさんの奥さんがでかけようと外に出ると、ドアの

横に二匹の猫が座っていた。一匹は顔なじみの、このへんのボスである、チャーちゃんという八歳の茶トラのオス猫だった。チャーちゃんは顔もきりりと引き締まり、みるからに賢そうな猫だ。そのチャーちゃんが連れてきたのは、真っ黒い毛並みのきれいなメス猫だった。あまりにきれいなので、飼い猫がたまたま遊びに来たんだろうと思っていた。ところが黒猫は、翌日もドアの横にいる。もしかしたらと思って、餌をやってみたら、がつがつと食べた。それから黒猫はオオガワラさんの家に毎日やってくるようになり、クロちゃんと名前をつけて、外猫としてかわいがることになったのである。

「きっとチャーちゃんが、自分の彼女をよろしくって連れてきたんだと思うの」

とてもおっとりしているオオガワラさんは、そういっていたが、チャーちゃんはどの家に自分の彼女をまかせれば大丈夫か、ちゃんと考えていたのかもしれない。

ところがオオガワラさんの家の向かいの家は、猫が大嫌いである。のら猫が子供を生むと、すぐに保健所に持っていくので、近所の猫好きの人々に、

「あの家に猫を近づけると、保健所に連れていかれる」

と恐れられていた。家の前でうろうろしていて、クロちゃんが保健所に連れていかれては大変と、塀の内側のスペースに段ボールハウスを造ってやった。見せてもらったことがあるが、中にきれいなタオルが敷いてあって風通しもよく、快適そうにみえた。そして二、三日たって、何気なく段ボールハウスを見たら、雨よけのシートが外側に貼っ

てあるうえに、中におもちゃも入れてある。またその次の日には、段ボールハウスがもうひとつ増えて広くなり、徐々にグレードアップしていた。

「チャーちゃんが泊まりにきたときに、箱がひとつだと狭いと思って」

オオガワラさんは相変わらずおっとりと話していた。

そのうちクロちゃんのお腹が大きくなり、三匹の仔猫を生んだが、そのうちの一匹しか育たなかった。この子も白地にアイマスクをつけたようなマスク柄だったが、本当にかわいらしくきれいな、「きれいマスク」だった。ずっと外にいるというのに、白い部分は汚れていない。ひと目みて誰ものら猫とは思わないほどの、美猫だったのである。クロちゃんとマスクちゃんが並んでいると、通りがかりの学生さんやカップルが、

「わあ、かわいい」

と足をとめた。いつもそこにいるのがわかっているので、若いカップルが餌を持ってきて、クロちゃんたちにあげることもあった。もちろんオオガワラさんが面倒を見ていたのであるが、それを知ったモリタさんが、餌を供出することにした。ビーは好き嫌いが激しく、長い間食べていた餌でも、飽きると食べないし、かといって新しく買ってきても匂いをかいで気に入らないとそっぽを向くので、そういう餌をクロちゃんたちのために上げたのである。

ところがやはり向かいの家からクレームがきた。猫も殺気を感じているのか、その家

のほうには寄りつかず、塀の中の段ボールハウス周辺にいるのだが、ドアの横とか前の路地で遊んでいることもある。それすら気に入らないらしいのだ。

「お宅が餌をやるからだ」

と文句をいわれる。それはそうだが、猫だって好きでのらになったわけではない。捨てた人間がどこかにいる。お腹がいっぱいだったら、ゴミをあさることもないだろうという考えで、オオガワラさんは餌をやり続けていたのだ。餌を散らかしたらすぐ掃除をし、匂いや汚れがつかないように、オオガワラさんはきちんと路地を掃除していた。向かいの家も、実害はないものだから、一度、文句をいっただけで、黙認といった具合になっていたのである。

そして一年ほどたって、今度はマスクちゃんが三匹の子供を生んだ。黒、茶、マスクの柄だった。一気に「きれい通り」は五匹に増えてしまった。オオガワラさんの話によると、マスクちゃんの相手は父親のチャーちゃんだったらしく、オオガワラさんは、

「人間と違って、猫はそういう節操はないのかしら。困ったわ」

と真顔で心配していた。そんな心配をよそに、三匹の子供たちはすくすくと育ち、どの子も顔がかわいらしくて、路地を通る猫好きの人々のアイドルになっていた。

しかし問題が起きた。また頭数が増えたことに、向かいの家がクレームをつけたのである。オオガワラさんのほうも、二匹なら目が届くが、五匹になると自信がない。おま

けにマスクちゃんが生んだのは三匹ともオスで、行動範囲も広くなるだろう。今生まれた子はどうしようもないが、これは何とかしなければと、アリヅカさんが相談を受けたのだった。相談をした結果、クロちゃんとマスクちゃんに、避妊手術を受けさせることにし、私たちもお金を出すことにしたのである。

実は私たちはそのことに関しては、複雑な思いがあった。私は実家で猫を飼っていて、一時期、十三匹いたこともある。自分の家の猫に手術をさせたことがないのに、のら猫に手術をさせるというのは、自分で納得がいかないことではあったが、オオガワラさんの立場も考えると、やはり手術をするしかないと思われた。入院させなければならないので、病院にはオオガワラさん夫妻が連れていき、アリヅカさんと私とオオガワラさんの奥さんが、引き取りに行くことになった。心配していたのだが、思いのほか術後のクロちゃんとマスクちゃんは元気で、「きれい通り」に戻ったとたん、三匹の仔猫はわーっと寄ってきた。見たところは何の問題もなさそうだったが、私は、

(人間の勝手でこんなことをしたら、ばちがあたる)

とつぶやいた。そしてオオガワラさんが向かいの家に、

「手術をしましたから」

というと、納得して文句は出なくなった。

近所にはもう一人、ノノヤマさんというチョコボールみたいなおばさんがいる。日焼

けをしていて肌がつやつやで、それで腰の低い人なのである。ノノヤマさんの家でものら猫を世話していた。通称、モップと呼ばれている白猫も、ノノヤマさんの管轄内にいた。モップはペルシャ猫の血が入っているのか長毛だった。ところが歳をとっているので、毛はぼそぼそになり、まるで使い古したモップそっくりなので、そう呼んでいた。そしてモップの他にも三匹の猫の面倒を見ていて、私はきちんと家の近所を掃除する、ノノヤマさんの姿を何度も目撃していた。

ある夏の日の深夜、アリヅカさん、モリタさんと私がオオガワラさんの家の前の「きれい通り」を歩いていたら、どういうわけだか「きれい通り」の猫たちが、たむろしている。

「あら、どうしたの」

とびっくりしていると、猫たちは私たちの背後に目をやりながら、にゃあにゃあと鳴きはじめた。何だろうかと振り返ると、そこには自転車にまたがった、チョコボール・ノノヤマがいたのである。ノノヤマさんは、自転車の前と後ろに、山のような荷物を積んでいて、

「はいはい、ちょっと待っててね」

といい、自転車から降りた。猫たちの目は輝いている。

「こんばんは」

私たち三人が挨拶をすると、

「こんばんは」

といつもの腰の低いノノヤマさんになった。ところが次の瞬間、荷台のビニール袋から、何かをむんずとわしづかみにしたかと思ったら、それをぶんぶんと投げはじめた。びっくりして見ていると、猫たちは、

「うにゃうにゃ」

と鳴きながらむさぼり食っている。それは竹輪であった。それもそれぞれの猫が食べ終わるのを待って、的確に猫の足元にびしっと投げる。ものすごい技である。チョコボール・ノノヤマは、「必殺竹輪投げ」の名人だったのである。

あっけにとられている私たちの前をうろうろする影がある。ふと見るとそれは「きたな通り」所属の、きたなマスクだった。

「あら、あんたも来たのね。はいよっ」

ノノヤマさんはこれまた的確に、きたなマスクの足元に、ぴゅっと竹輪を投げた。きたなマスクは喜んで竹輪を食べている。

「こっちまで来てるの？」

モリタさんが話しかけても、きたなマスクは竹輪に神経が集中していて、知らんぷりである。

「そうなの。この子はね、こっちでも食べて、おじいちゃんのところでも食べるのよ。こっちに出張してくるの」

そうノノヤマさんはいった。「きたな通り」であまりに遠慮しすぎてお腹がすくのか、きたなマスクは、三本の竹輪を食べて、口のまわりをぺろぺろとなめて、すっと姿を消した。「きれい通り」の猫たちも、前足で顔を撫でたりして、満足したようだった。

「毎日、まわってるんですか」

アリヅカさんが聞くと、

「そうなの。公園もね」

公園にもたくさんの、のら猫がいるのだ。

「だいたいね、のら猫に餌をやっちゃいけないなんていう人もいるけどね、こういう猫を作ったのは人間なんだからね。とやかくいわれる筋合いはないわっ」

猫嫌いの家の前で、ノノヤマさんが大声でいい放った。日頃の腰の低いノノヤマさんからは想像もできないくらい、ぱきぱきとした姿であった。

「ずいぶん、時間がかかるでしょうねえ」

モリタさんがいうと、

「そうね、一時間以上かかるわね。でも、みんなが待ってるから」

「雨の日はどうするんですか」

「行くわよ。台風のときもね！」

　そういった彼女は腕時計を見て、

「そろそろ行かなくちゃ。では失礼」

　といって、自転車をこいでいってしまった。どこまでもぱきぱきとした、チョコボール・ノノヤマであった。

　クロちゃんとマスクちゃんが手術をしたものだから、「きれい通り」にはメスの機能を持った猫はいなくなってしまった。ある日、オオガワラさんが、五匹の猫と遊んでいると、チャーちゃんがふらりとやってきた。クロちゃんとマスクちゃんを見て、すり寄っていった。しかし二匹は嫌がって逃げた。それを見たチャーちゃんは、目を丸くして、

「何でだ！」

　という顔をしていたという。しばらく家を留守にして戻ってきたら、母娘して自分をないがしろにする。それはチャーちゃんはびっくりしたことだろうと思う。しばらく追いかけていたが、二匹が逃げるばかりなので、チャーちゃんは、納得がいかない顔で、餌を食べていたという。猫の人生というか猫生にも、いろいろなことが起きるのである。かわいがってもらっているといっても、「きれい通り」の猫も、「きたな通り」の猫も、のらには変わりがない。雨風は何とかよけられるといっても、家の中にいるのとはわけが違う。モリタさんはビーに、

「外の猫たちは大変なんだよ。あんたは当たり前のように、雨が降っても風が吹いても、家のなかでぼーっとしていればいいけど、御飯だって、選り好みなんかできないんだよ」

という。でもビーは知らんぷりである。

ある夜、モリタさんはビーを抱っこして、「きれい通り」に行った。オオガワラさんが餌をやっているところだった。

「ほら、こんにちはって挨拶したら」

ところがビーは絶対に彼らのほうを見ようとしない。顔を近づけさせようとすると、ぐいっと顔をそむけて、見ないようにする。クロちゃんたちのほうも、ビーをちらっと見たが、何の関心も示さない。

「みんなに、『おじちゃんのくせに、甘ったれてらあ』って思われたよ」

家に帰ってモリタさんにそういわれたビーは、聞こえないふりをしていた。「きたな通り」に行ったときなどは、モリタさんの体にしがみついて、必死の形相だったという。それからは、

「さあ、外の猫さんに会いに行こうか」

と声をかけると、ビーはあわてて走って逃げるようになってしまった。のら猫と飼い猫とどちらが幸せかは、猫に聞いてみないとわからない。そして両者の間には、猫なり

のとっても深い溝があるみたいなのである。

ほくろちゃんに気をつけろ

近所のボス猫、チャーちゃんは、頭がいい猫として有名であった。私がたまたまオオガワラさんと立ち話をしているとき、チャーちゃんがやってきた。

「ほら、この子がチャーちゃんよ」

チャーちゃんはオオガワラさんには、

「にゃー」

と挨拶をして、ごろごろと喉を鳴らしたが、私のことなど眼中にないようであった。

「本当に頭がいい子なのよ。体も大きいし。やっぱりいろいろな部分が揃っていないと、ボスにはなれないのね」

オオガワラさんはまるで自分の家の猫のことのように、チャーちゃんについて話した。

「喧嘩があるとね、チャーちゃんがさっと出ていくの。そうすると喧嘩していた二匹が、ぱーっと逃げていくのよ。チャーちゃんは手を出さないのに」

またあるときは、見知らぬ猫が「きれい通り」を歩いていて、チャーちゃんと出くわした。二匹は見合っていたが、チャーちゃんが右前足をその猫の頭にのせたら、やられたほうの猫は伏せの格好をして、じっとしていたというのである。

「無駄な暴力はふるわないの。そこが男らしいのよね」

オオガワラさんは、まるで自分の恋人について話すみたいに、熱心にチャーちゃんについて語った。

避妊手術をする前の、クロちゃんとチャーちゃんの関係は、べったりだった。クロちゃんとマスクちゃんは雌なので、オオガワラさんの家の周辺からほとんど動かないが、ボス猫のチャーちゃんは、あちらこちらに遠征してたまにしか帰ってこない。ところが帰ってくると、クロちゃんがぱーっと走り寄って、ぐるぐるいいながら、顔をこすりあわせている。

「帰ってきてうれしいわ」

というような素振りだったという。

「チャーちゃんもね、何だか堂々としていて、風格があるのよ。人間だったら男気のあるタイプっていうのかしら、クロちゃんもマスクちゃんも頼りきっているっていう感じだったわね」

チャーちゃんは、毎日、御飯をもらっているオオガワラさんに対しては、どこで会ってもきちんと挨拶をする。塀の上にいても、植え込みの中にいても、オオガワラさんの姿を見ると、

「にゃー」

と一声鳴いて、ごろごろと喉を鳴らすというのであった。

母と娘と両方の猫に手をつけてしまったとはいえ、猫の間では問題も起きず、チャーちゃんが戻ってくると、三匹で仲良く何日かを過ごしていた。ところが彼が不在の間に、母娘が不妊手術を受け、チャーちゃんがすり寄っていっても、拒絶されるようになった。チャーちゃんの驚きは相当なものだっただろう。しばらく、変だ変だと思いながらも、母娘のそばにいたが、そのうちチャーちゃんは姿を消した。

「きっと拒絶されたから、どこかに雌を探しにいったんじゃないかしら」

オオガワラさんはいったが、

「あの面食いのチャーちゃんのことだから、『きたな通り』にはいかないと思うわ」

とそれに関しては自信を持っているようだった。

チャーちゃんがオオガワラさんの家から姿を消した何日か後、私は路地でチャーちゃんを見かけた。

「チャーちゃん」

と声をかけると、びっくりした顔で振り向いた。まるで、

「何でおれの名前を知ってるんだ」

というような顔をしていた。しばらく目を丸くして私の顔を見上げていたが、そのうち民家の生け垣をくぐって姿を消した。オオガワラさんは、

「チャーちゃんはもう来ないかもしれない」

と落胆していたので、

「この間、近所で姿を見かけたから、また来ますよ」

と慰めておいた。

それからしばらくして、アリヅカさんとモリタさんと一緒に、オオガワラさんの家の前を通ると、見覚えのない雌猫がいる。

「あなた、どこの子？」

声をかけると、こそこそっと玄関脇の庭木の陰に隠れようとする。白地に黒ぶちで、口の横にほくろがある、細身で色っぽい顔だちの猫だ。

「何だかこの子、昔の時代劇に出てくる、鳥追いみたいな感じだね」

アリヅカさんがいった。美人で薄幸ながら、健気に生きている、そんな感じがするというのである。私たちの間では、その猫はトリオイちゃんと呼ばれることになった。

その猫を見た翌日、買い物の途中でばったり会ったモリタさんが、にこにこしながら

駆け寄ってきた。

「ねえ、トリオイちゃん、いるでしょ」

「うん」

「あの猫ね、チャーちゃんが連れてきたんだって」

モリタさんがオオガワラさんから聞いた情報によると、二階からふと玄関を見下ろすと、チャーちゃんの姿が見えた。

「あっ、帰って来た」

と彼女が急いで下に降りて玄関を開けると、チャーちゃんが、

「にゃー」

と堂々とした態度で座っていた。そしてその後ろに、白と黒のぶち猫がうつむきがちに座っていたというのである。

「きっと雌がいなくなったから、自分の陣地に連れて来たんじゃないかって、オオガワラさんがいってたわよ」

私たちは立ち話をしながら、

「それにしたって、わざわざ連れて来るっていうのが、おかしいよね」

と笑ってしまった。

私は猫の恋愛に関しては無知であるが、めぼしい雌猫がみつかった場合、雄がせっせ

とそこに通うのが普通なのではないだろうか。それなのに、チャーちゃんはトリオイちゃんを連れてきた。

「きっとさ、『飯もうまいし、面倒を見てくれる人は親切だし、来いよ』とか何とかいったのよ」

私たちはその二匹の会話を想像して、スーパーマーケットの袋をぶら下げながら、また笑ったのだった。

突然、別の雌猫がやってきたものだから、クロちゃんとマスクちゃんが驚かないわけがない。しかし二匹とも、とても性格がいいので、結託していじめるということはなかった。トリオイちゃんのほうも、遠慮がちにしていて、クロちゃんとマスクちゃんが御飯を食べ終わるまでは、御飯を食べない。そういうこともあって、双方お互い静かに見合っているという感じであった。

わけがわからないうちに、トリオイちゃんの世話をしなければならなくなったオオガワラさんは、庭にトリオイちゃん用の段ボール箱を増設した。もちろん毛布つき、日除け、雨よけつきの、いたれりつくせりの住居である。

「大変ですね」

といったらば、

「何だか、もう、わけがわからないわ」

とおっとりと話していた。

トリオイちゃんがやってきてから、お役御免になったクロちゃんとマスクちゃんは、それでも自分の子どもをかわいがり、元気に暮らしていた。チャーちゃんがこないと立場がないトリオイちゃんは、おとなしく目立たぬようにしているように見えたのである。ところがそのうちに、様子が変わってきた。一年たつうちに、チャーちゃんががくっと歳をとってきた。たまたまオオガワラさんと歩いていると、オオガワラさんが突然、

「あっ、チャーちゃん」

と大声を出して指を差した。チャーちゃんは塀の上にいた。

「元気でいたの？」

オオガワラさんは大急ぎで自転車を引き、チャーちゃんのところに走っていった。私もあわてて後を追った。

「ああ、こんなになっちゃって」

オオガワラさんの姿を見たチャーちゃんは、

「にゃー」

と鳴いて、頭を塀の上にこすりつけた。よく見ると、チャーちゃんの右耳が半分ほど裂けている。

「喧嘩をしたのよ。前はこんな姿になったことなんかなかったのに……」

オオガワラさんは悲しそうだった。

「ほら、毛もこんなにぱさぱさになって。前はもうちょっとつやつやしてたのよ」

彼女は手を伸ばして、チャーちゃんを撫でた。彼は塀の上でごろりと横になり、喉を鳴らしていた。

たしかにチャーちゃんは想像以上に歳をとっていた。往年の周囲を圧倒する堂々とした雰囲気はなくなり、哀愁が漂っている。

「このごろ、若い雄猫が来るようになってね、チャーちゃんが追い払われたみたい。もうボスじゃないのかもしれないわ」

のら猫の世代交代というわけなのだろうか。それも納得できるほど、チャーちゃんは、体中から「がっくり」という雰囲気を漂わせていたのである。

新しいボス猫は、オオガワラさんの家には世話にならず、時折「きれい通り」を歩いて視察するくらいだった。チャーちゃんがボスの地位を追われると、雌猫たちにも変化が起きた。今までおとなしく、目立たずに暮らしていたトリオイちゃんが、俄然、威張りだして、マスクちゃんをオオガワラさんの家から追い出したのである。

「喧嘩していたからね、どうしたのかしらと思っていたら、マスクちゃんがいなくなってたの。びっくりして探しにいったら、あそこの家の裏にいたのよ」

オオガワラさんの心配はつきない。トリオイちゃんに追い払われたマスクちゃんは、ちょうど二軒裏手の家に居場所を移したという。

「ちゃんと御飯を食べているか心配なんだけど。元気そうにはしているの」

残されたのはクロちゃんであるが、トリオイちゃんは、クロちゃんにはごろごろとなついていて愛想を振りまいている。クロちゃんはじっとしているだけである。クロちゃんの体に顔や体をこすりつけて、甘えている。自分の娘を追い出された怒りとか、そういう感情はあるのかないのかわからないが、とにかく寝るときには一緒に寝ているらしいのだ。

そのトリオイちゃんは、最初の薄幸そうな姿が想像できないほど、今は、でっぷり太ってしまった。オオガワラさんの家の前で、しばらくぶりに見たときに、あのトリオイちゃんだとは、わからなかったくらいである。

「あんた、こんなになっちゃったの？」

トリオイちゃんはでっぷりと太った姿で、

「ふんっ」

と横になっている。もしかして別の猫ではと思ったが、口の横にほくろがあったので、間違いはなかった。

「本性を隠してたのね。猫をかぶってたんでしょ」

モリタさんがそういうと、そっぽを向いていた。

「仲良くしてたのに。マスクちゃんを追い出すなんて。あんた、ひどいことをするね」

モリタさんはそんなことをするトリオイちゃんが許せないのである。私たちはトリオイちゃんを見たとき、おとなしそうな気の優しい子だと思っていた。ところが実は、そういう意地悪なところがあったのである。

「チャーちゃんも、クロちゃんやマスクちゃんみたいな、質のいい雌猫を選んだときは花だったけど、トリオイちゃんに手を出したのが運のつきだったわね。一気に運が落ちたもの」

私たちはモリタさんの家に集まって、話をした。そばではビーが、三人揃っているのがうれしくて、じっと話を聞いている。

「あんたには、全然、関係のない話だよね。恋愛なんかしたことないもんね」

アリヅカさんがビーに向かっていった。

「そんなこといったって、しょうがないわよ。わけのわからないうちに、去勢されちゃったんだもん」

モリタさんがいった。

「そうよね、ビーちゃんには選択の余地がなかったね」

口々にそういわれても、ビーは会話の内容が理解できなかったようだった。しかし、自分のことが話題になっているのだけはわかったようで、

「にゃあ」

といちおう返事をして、おとなしく座っていた。年下のチャーちゃんは、体がぼろぼろになっているが、外を歩かないビーは、世間にもまれていないので、顔が老けない。

「どこか、おかしいんじゃないか」

というくらい、子供のような顔をしている。

「世間にもまれると、もまれたなりに、頭を使うのかしら。トリオイちゃんなんか、その筆頭よね。あんなにおとなしくしてたのに」

アリヅカさんは、精神のありようは、肉体に現れる、あの華奢な体から、でっぷり太ったトリオイちゃんは、その精神がよどむに従って、余分な物を体に取り込んでいったのだと真顔でいった。

「あの色っぽさで、チャーちゃんをうまく騙したのかしら」

「女でもそういうのがいるじゃない。それにひっかかったのよ。チャーちゃんは」

四十すぎの女三人は、猫の話で夜中までも盛り上がった。

いろいろと出来事が多い「きれい通り」に比べて、「きたな通り」は平穏そうに見えた。ところが集積所にゴミを出しに行ったとき、「きたな通り」の猫たちの様子も変わっていた。すでに御飯をもらい、猫たちがだらーっと寝て、くつろいでいる時間なのに、その日はみんなひとっところにかたまっていて、ぴりぴりしている。どうしたのかと思っていたら、「きたな通り」の世話人のおばあちゃんが、猫の餌の器を手に、何事かつぶやいている。

「あなた、また来たの。飼い猫なのに」

といっている。よく見ると、白地に黒い雲形の柄のある猫が、おばあちゃんの足元に体をすりつけて、喉を鳴らしている。そのなつく姿は尋常ではなかった。手入れが行き届き、真っ赤な首輪もつけてもらっている。

「あらあら、そんなにどこまでもくっついてくると、歩けないでしょう」

おばあちゃんがそういっても、いつまでもその猫はまとわりついて離れない。それをじーっとひとかたまりになって見ていたのが、「きたな通り」の猫たちなのである。

「いつも来るんですか、その猫」

聞いてみると、彼女はのんびりといった。

「最近ね。朝御飯時になるといるのよ。この子たちに御飯をあげるとね、横から来て、まっさきに食べちゃうのよ」

「きたな通り」の猫たちが、この猫を気に入っていないのはひと目でわかった。この猫は飼い猫である。黙っていても飼い主はご飯をくれる。雨だって風だって家の中でしのげる。しかし「きたな通り」の猫たちはそうではない。御飯はもらえるけれど、雷が鳴っても台風がきても、家の外でしのぐしかないのだ。おじいちゃんとおばあちゃんからもらう、御飯だけが楽しみだと思うのに、それを飼い猫に奪われては、腹も立つに違いない。

「喧嘩はしないんですか」

「喧嘩はしないんだけど、前からいる子たちはびっくりしちゃったみたいでねえ。どうして飼い猫がわざわざ来るのか、わからないんだけど。私は何度も『御飯はおうちで食べなさい』っていったんだけど」

おばあちゃんもオオガワラさんに負けないくらい、おっとりしている。しかし「きたな通り」の猫たちは、むっとした顔で、おばあちゃんに異様になつく飼い猫をにらんでいた。いつもはてんでんばらばらに寝ころんでいる彼らが、ひとかたまりになっているというのは、猫たちの意見が一致していたからだろう。でもそんな彼らを完全に無視して、その飼い猫はおばあちゃんに愛想を振りまいていた。

私はしゃがんでその猫の顔をよく見ようとした。猫がふっと顔をあげた。細面の和猫で、こまっしゃくれた感じの顔立ちである。おまけに口元には、ほくろ。

「うーむ、お前もほくろがあるのか」

私は早速、アリヅカさんとモリタさんに、この話をした。これから「きたな通り」も大変だといいながら、

「ほくろのある猫には気をつけたほうが、いいのかもしれない」

とうちの近所だけに通用する結論に達した。そして、

「わかった？　ビーちゃん。ほくろちゃんには気をつけるんだよ」

と声をかけると、ビーは小さな声で、

「うにゃ」

と返事をして、いわれたことがわかっているのかいないのか、足で耳の裏を掻いていた。

男には邪険にできるのに……

「年寄りっ子は三文安い」といわれたりするが、かつてのビーの飼い主のアリヅカさんは、

「ビーはモリタさんに飼われて、甘やかされて三文安。そして隣のおばさんが来てから、もっと甘やかされて、十文安」

という。とにかく私たちは甘やかし放題に甘やかしていて、どんどんビーがだらんだらんになっているというのである。

「だって、群さん、優しいもんね。ビーには」

モリタさんまでそういう。

「そうかしらねえ」

自分の家で飼っているのだったら、厳しくしつける。しかししょせんは他の家の猫な

ので、うちに来たときは、もちろんいけないことをしたときは叱るが、甘やかしている
といわれても仕方がないかもしれない。

「ビーに対する優しさの十分の一でも、男の人にしておいたら、あなたの人生は変わっ
たかもしれないわよ」

とアリヅカさんはいった。

「だって、男の人と猫とは違うもん。猫のほうがずっとかわいいじゃん」

そういったら、アリヅカさんは、

「はーっ」

とため息をつき、

「不幸な星のもとに生まれついたねえ」

といった。

「とにかくビーはお調子者なんだから、あまり甘やかしすぎると、ろくなことがないよ。

ねっ」

彼女が声をかけると、ビーは知らんぷりをしている。自分にとってあまりいい話題で
ないときは、そっぽを向いて知らんぷりをするのである。

「あんたは幸せだねえ。みんなにかわいがってもらって。世の中にはものすごく辛い目
にあっている猫がたくさんいるんだよ。それなのにあんたは、『きたな通り』の猫にも、

『きれい通り』の猫にも冷たい」

モリタさんの言葉に、ビーは耳を動かしながら、相変わらず知らんぷりである。

「いつまでも、こんな幸せが続くと思うんじゃないよ。何が起こるかわからないんだよ。わかってんの」

アリヅカさんが声をかけると、黙って自分の寝場所である、モリタさんのベッドルームに入っていこうとする。

「こらっ、ビー！　返事くらいしなさい！」

そういわれたビーは、無視して歩いていった。それを見たアリヅカさんが、

「何なの、その態度は！　ビー！　わかってんの！」

と怒った。するとビーは面倒くさそうに振り返り、

「にゃー」

と不愛想に鳴いてベッドルームに引っ込んだのだった。

「昔はあんなじゃなかったのに。あなたたちが甘やかすからよ」

アリヅカさんは機嫌が悪くなった。モリタさんと私は、お互いに顔を見合わせて、

「へへっ」

と笑っていた。

私がビーをはじめて預かったのは、モリタさんが長期で外国に仕事に行ったときだっ

た。うちにビーのトイレと餌が運び込まれ、掃除のときに使う、フンをすくうスコップまでついていた。

「よろしくお願いします」

モリタさんは丁寧に頭を下げて出かけていった。

「ビーちゃん、お母さんはしばらくの間帰ってこないから、よろしくね」

私がそういうと、ビーは、

「あーん」

と鼻声で鳴きながら、後ろ足で立ち上がって、私の膝に前足をかけた。思わず、

「よしよし」

と抱っこしてやると、私の左肩に顔をこすりつけて、ごろごろと喉を鳴らしている。それが済むと、今度は右の肩で同じことをし、また左肩に戻るというしぐさをした。そして左肩にあごをのせたまま、目をつぶってしまったのである。

「まあ、そんなにうれしいの」

私もそんなになついてくれるのならと、気分がよくなり、しばらく抱っこしていたが、いっこうにビーが下に降りる気配がない。

「ビーちゃん、どうしたの」

そういうと薄目は開けるものの、知らんぷりをしている。私は仕方なく抱っこしなが

ら、部屋の中をぐるぐると歩きまわった。するとビーは高い位置からいろいろな物が見えるのが面白いのか、目をまん丸くしてあたりを見回すようになった。ごろごろと喉を鳴らす音も大きくなった。そして、タンスの取っ手や、ハンガーにかけてある洋服の匂いをかぎ、鼻息を荒くした。ひととおり家の中を歩き回り、

「さあ、おしまい」

といってビーを下に降ろそうとすると、ぎゅっと両前足に力をいれて、私の体にしがみついた。爪がひっかかったのかと思って、調べてみたがそうではない。

「はい、おしまい」

もう一度、下に降ろそうとしたが、私のセーターにしっかりとしがみつき、

「何が何でも離れません!」

という状態になっていたのであった。

「ちょっと、あんた、……」

ビーを体から引き剝がそうとすると、しっかりとセーターをつかんでいるものだから、びろーんとセーターが伸びてしまう。あわててまた抱きかかえると、ビーは私の左肩にあごをのせて目を閉じている。

「もしもし、ちょっと。もしもし」

ビーはしっかりと目をつぶっていたが、ごろごろと喉は鳴ったままだった。

私はビーを降ろすのはあきらめ、晩御飯の準備をはじめた。冷蔵庫から野菜を出すのも、包丁で材料を切るのも、ビーを抱っこしたままでである。両手を使わなければならないときは、もちろん抱っこしている手を離す。するとビーはうまくバランスをとって、私の肩にしがみついている。

「何でこういうことになっちゃったんだろうねえ」

私は左腕でビーを抱きかかえ、右手のへらで鍋の中をかき回しながらつぶやいた。それでもビーは、楽ちん、楽ちんというように、左肩にずっとあごをのせていた。

こんなにぺったりとくっついてくる猫ははじめてだった。アリヅカさんが、

「あなたはビーを甘やかす」

とモリタさんにいっていたし、ビーの態度を見ると、毎日、モリタさんはこうやっているのだと思った。それが習慣になって、ビーは私にも同じことを求める。それだったらビーのこういう行動も理解できる。

「そうか、そうか、そうだったのか」

私はうなずいて、ビーを抱っこしたまま過ごしていた。トイレに行くときは下に降ろすが、あわてて後を追いかけてくる。そして一緒に個室に入りたがる。

「だめ」

そういってドアを閉めると、外で、

「あーん、あーん」

と鳴く。無視していると、ドアの下四、五センチ程の隙間から、右前足がにゅっと突き出てきた。どうしたのかと思って見ていると、今度は左前足まで入ってきた。そしてまた、

「あーん、あーん」

と鳴きながら、両前足をまるでワイパーのように動かしながら、必死にさぐっているのだった。

「何やってんの、あんたは」

用を足して外に出ると、ビーは頭を私の脚に何度もこすりつけ、後ろ足で立ち上がって、抱っこをせがんだ。

「もう、いいでしょう」

そういって走り出すと、ビーはあわてて追いかけてきて、私の前に回り込み、じっと顔を見上げている。

「抱っこは、おしまいね」

そういったとたん、ビーはジャンプして肩に飛びつき、ごろごろと喉を鳴らす始末だった。

それからというもの、毎日、ビーは大きなブローチみたいに、私の肩から胸にかけて

しがみついていた。甘えて鳴くときは鼻声になることもわかった。こんなに抱っこしてほしがるというのは、よっぽどモリタさんが甘やかしているのに違いない。きっとビーを抱っこしたまま、ずっとソファに座っているのではないかと思ったりした。私は彼女からビーを預かっている身である。できるだけビーが自分の家にいるような状態にしてやりたいと思い、約四キロのビーの重量に耐えながら、過ごしていたのであった。

モリタさんが帰ってきた。そしてビーの顔を見るなり、

「まあ、坊っちゃんみたいな顔になってる」

という。もともと年齢には見えない若い顔立ちなのだが、前にも増して顔が幼くなったというのである。

「そうかなあ」

私も見てみたが、はっきりとはわからなかった。

「あんた、べったり甘えてたんでしょう。顔に出てるよ」

モリタさんにそういわれたビーは、得意の知らんぷりである。

「家にいるときに、ビーをずっと抱っこしているのは大変でしょう」

そういうと、彼女は首をかしげている。私はビーが抱っこをしてくれとせがんで、ほとんど自分の足で歩かないことを話した。

「ええっ」

彼女はびっくりして声を上げたあと、

「あっはっは」

と大笑いした。今度は私が首をかしげる番である。彼女はビーに向かって、

「あんた、そんなことをしてたの。甘えちゃってまあ、困ったもんだねえ」

といった。ビーはこそこそと廊下の隅を歩いて姿を消してしまった。

「ほら、都合が悪いからいなくなっちゃった」

モリタさんは小声でいう。

「ずっと抱っこしてるなんて、そんなことがあるわけないじゃない。あなた、やられたのよ」

「やられた?」

「ビーはお調子者だから、『こいつはいける』と思ったら、うまーく甘えて自分のいいようにしちゃうのよ。あーあ、やられちゃったねえ。すみませんでしたねえ、あんな猫のためにお手数をおかけして」

そういって深々と頭を下げたあと、彼女はまたくすくすと笑った。

「そうだったんだ……」

「アリヅカさんには絶対にやらないもの。人をちゃんと見てるのよ、ビーは。気を許したらだめよ。本当にお調子者なんだから」

さぞかしビーは望み通りになって、いい気分だったに違いない。たしかに猫を抱っこしているというのは、私にとっても心が安らぐときではある。私が猫でも、ずっと抱っこしてもらって、行きたいところに連れていってもらえれば、こんなに楽ちんなことはない。しかしそれが、こちらの性格が見透かされていたということになると、ビーはかわいいのであるが、複雑な気持ちになった。たしかに私は猫に甘えられると弱いところがある。あんな小さい頭で、どうしてそれがわかるのか、謎としかいいようがなかった。

翌朝、ビーが遊びにやってきた。

「おはよう」

声をかけると、尻尾をぴーんと立てて、

「にゃあ」

と挨拶をする。そしてごろごろと喉を鳴らしながら、私の脚に頭をすりつけてきた。

「ビーちゃんは、人の顔を見るんだって？」

ふだんは話しかけると、じっと顔を見ているのに、このときはまるで、

「何も耳に入りません」

というような態度で、他の部屋に入っていこうとする。でも耳だけはこちらを向いていた。

「これ、ちょっと待ちなさい」

声をかけても知らんぷりだ。

「こらっ」

大きな声を出して、やっとビーは立ち止まり、振り返ったかと思うと、

「にゃっ」

と短く鳴いて、本が置いてある部屋に入っていって姿を現さなくなった。

「全くもう。いったい何を考えてるんだか」

私はぶつぶついいながら、台所で朝食の食器の洗い物をした。

「そういえば、こういうときもビーを抱っこしてたんだわ。どうしてあんなことしちゃったのかしら。男には邪険にできるのに、どうも動物には邪険にできないんだよなあ」

そのとき足元から、

「にゃあ」

と声がした。

「あら、どうしたの、坊っちゃん」

「うにゃ」

ビーは舌をぺろぺろっと出した。こういうときはやって欲しいことがあるときなのだ。

私は甘く見られてはいかんと、

「お仕事してるから、だめ」

といいながら、洗い物を続けた。するとビーは、

「にゃあ」

ともうちょっと大きな声で鳴き、足元にまつわりついてくる。

「はいはい、あとでね」

それでもあきらめず、ビーは顔を見上げて、

「あ〜あ〜あ〜」

と鳴く。それが終わると、今度は鼻声になって、

「おん、おん」

と鳴いた。

「はいはい、あとで、あとで」

そういいながら皿を洗っていると、突然、私の尻に異変が起きた。びっくりして振り返ると、ビーが後ろ足で立ち上がり、ちっこい両前足で私の尻をつかみ、

「んにゃあ、んにゃあ」

と鋭く鳴きながら、ぐいぐい押しているではないか。ビーは必死の形相である。皿洗いをやめ、

「わかった、わかった」

といいながら、ビーのほうに向き直ると、前足を私のほうに差し出し、すでに抱っこ

お願いのポーズに入っていた。

「しょうがないねえ、あんたは」

抱っこしてやると、ビーはぴったりと体を押しつけ、いつものように左肩に顎をのせ、右肩に顎をのせ、左肩に戻るという儀式をやっていた。そして、

「ふー」

とため息をついて、じっと目をつぶり、楽ちん状態に入っていく。

「ちょっと、あのね、おばさんはまだやらなきゃならないことがたくさんあるんだから」

そういってもビーは完璧に無視だ。何の反応もないので、

「もしもし、もしもし、もしもーし」

耳元でいってやると、ふっと顔をそむけて、寝たふりをした。

あまりに抱っこ抱っことうるさいので、私はビーのあだ名を「抱っこ仮面」とつけた。

これまでビーには、いろいろなあだ名があった。おしっこのやり方が下手なので、

「しっこ山さん」

と呼ばれたこともあるし、顔面が黒いので、

「こそドロ」

と呼ばれたこともある。「抱っこ仮面」はビーの栄《は》えある三番目のあだ名であった。

ビーは、

「しっこ山さん」

と呼ばれるのがいちばん嫌いで、そう呼ぶと、ものすごく怒る。まるで、

「いうなー！」

といっているかのような怒った鳴き方をする。しかし「こそドロ」「抱っこ仮面」には特別、怒りはわかないようで、呼ばれても淡々としていた。

夏場は、さすがの抱っこ仮面も、抱っこ抱っこと、しつこくしなくなった。それでもやっぱり抱いてもらいたいときがあるらしく、後ろ足で立って、前足で抱っこお願いのポーズをとる。そうやりながら、ビーがどことなく躊躇しているのがおかしい。抱っこしてもらうのと、暑いのを我慢しなくてすむのと、どちらを選ぶか迷っている様子なのである。

「はい、わかった、抱っこしてあげよう」

抱っこしてやるとさすがに暑い。もちろんビーも暑いに決まっている。

「本当にあんたは抱っこが好きよねえ」

私はぎゅーっとビーを抱っこしてやる。するとビーは喉をごろごろ鳴らしながらも、だんだんと前足をつっぱり、私の体から自分の体を離そうとする。

「あーら、どうしたの」

ビーは下半身は私の体につけているが、上半身は両前足をつっぱらせて、密着させまいとしている。むりやりに前足のつっぱりをやめさせようとすると、ものすごい力をいれて抵抗する。それでも下半身は密着させたままである。

「そんな中途半端なことはしないで、抱っこはやめたら」

そういってもビーは下には降りようとはせず、妙な格好のままで、ごろごろと喉を鳴らしていた。そして涼しくなってきた今は、そんな心配をすることもなく、抱っこ仮面は思う存分、私の体にしがみついているのである。

やっぱり外が気にかかる

私が引っ越してきてから、行動範囲が二倍に広がったビーだったが、この猫はそれだけでは満足していなかった。出かけるときにドアを開けると、ささっとすきまから外廊下に出ていこうとするのだ。

「飼われていても、こんなに安全で広いところを、うろうろできる猫はそんなにいないんだよ。それなのにまだ外に出るつもり？」

ビーは、

「にゃーん」

と小声で鳴きながら、玄関あたりでうろうろしている。そして、私が、

「入りなさい」

というと、しぶしぶ部屋の中に戻っていった。

しかしそれで引き下がるビーではない。うちにやってくると、私にちょっと愛想をふりまき、部屋の中を点検し終わると、玄関でこちらを見ながら、

「うわあ、うわあ」

と鳴くようになった。

「外はだめ」

そういって知らんぷりしていると、ごろごろと喉を鳴らしながら、足元にまとわりついてくる。

「だめっていったでしょ」

それでもしつこく体をすりつけて甘えてくる。

「困ったわねえ」

ビーはやって欲しいことがあると、舌をぺろぺろっと動かすのだが、その通りに私の顔を見上げながら、ぺろぺろとやっていたのである。

ベランダを行き来するだけだったらば、何の問題もない。私が住んでいるマンションはベランダが、建物をぐるりと囲むような造りになっている。外廊下の端からは下に降りる階段が造られている。いったん外廊下に出たら、すぐ一階に降りられる。ベランダの端にはネットを張っているので、そこからは外廊下には出ることができない。ドアを開けない限り、ビーが外に出ることはできないのだ。

ビーはいくら、「だめ」といっても、あきらめることがない。あきらめるまでがものすごく長い。無視していると、私のところにやってきて、

「うにゃーうにゃー」

とヒステリックな口調で鳴く。

「だめっていったら、だめ」

というと、今度は私が履いているウールのスリッパに嚙みつき、ひっかき、そして横に寝て足蹴りまでくらわすのだ。

このままいらいらさせるのも問題だし、かといって、簡単に外に出すわけにはいかない。私はビーを赤ちゃんに「高い、高い」をするみたいに持ち上げ、ビーの顔を目の高さに持ってきて、

「そんなに外に出たいの」

と聞いた。するとビーは、丸い目を見開いて、

「んー」

と返事をした。

私は隣町にある、大手のスーパーマーケットのペット用品売場に行って、小型犬、猫用の紐を買ってきた。昔のように首を引っ張るのではなく、今の紐は動物にも負担がかからないように、上半身に紐を通して、固定するようになっていた。

「ビーちゃん、外に出たいんだったら、これを付けなきゃだめなんだけど」

紐好きのビーは、水色の紐を見ると目を輝かせ、匂いをかいだりじゃれたりしている。

「どうする、これ、付ける？」

するとビーはトットットと玄関に小走りに走っていって、振り返って、

「にゃあ」

と鳴いた。ビーの両前足に紐を通すときも、おとなしくしている。犬の散歩スタイルで、ドアを開けてやると、

「んーんー」

とうれしそうに鳴きながら、外に出た。尻尾をぴんと立てて、何度も、

「んーんー」

と鳴く。目につくものすべての匂いをかぎ、虫を追いかける。そんなビーを私は紐を持ってついて歩いた。

「面白い？」

ビーは私の顔を見上げて、

「あん」

と鳴いた。本当にうれしそうな顔をしていた。

「そうか、そんなにうれしいの」

ビーはまた、顔をくちゃっとしながら、

「あん」

と鳴いたのだった。

それから、ビーの紐つき散歩が始まった。行きたくなると玄関で、

「うわあ、うわあ」

と鳴く。

「今は忙しいから、あとでね」

というとおとなしくなる。あきらめたのかなと思っていると、水色の紐をくわえてきて、私の足元に置き、じっと座っている。とにかく外廊下の散歩は、ビーの日課に組み込まれてしまったのである。

最初は紐つき散歩でよろこんでいたビーも、そのうちに紐が鬱陶しくなってきたらしい。歩きながらひょいと首をひねり、背中にかかっている紐をはずそうと、ぐいぐいとひっぱるようになった。その拍子に一緒に背中の毛も引き抜いてしまう。紐をゆるめにしても、背中に紐があるのが気になる様子で、毎日、散歩のたびに毛を抜く。このまま紐つき散歩を続けていると、背中が禿げてしまうのではないかと心配になってきた。

もうすでに散歩は、突然、取りやめというわけにはいかなくなっていた。次に考えたのは、観察つき散歩である。紐はなしにして、ドアにストッパーをはさんで半開きにし

たまま、外廊下に椅子を出して私が座り、ビーの行動を監視するというシステムである。紐をつけなくてもよくなったビーは、また、

「んーんー」

とうれしそうに鳴いていた。

「下に降りちゃだめだよ。よその家に迷惑になるからね」

そういい聞かすと、わかっているのかいないのか、いちおう、

「にゃ」

と返事をする。そして尻尾をぴんと立てて、たったかたったか外廊下を歩き回るのだ。椅子に座った私は、週刊誌や雑誌を読みながら、下に降りていかないようにチェックをする。いちおうビーもこちらを気にしているようだ。外廊下のはじっこまで歩いていき、ちょっと下をのぞきこんだあと、小走りに戻ってきて、

「うにゃ、にゃあ、うにゃ、うにゃ」

と一生懸命にしゃべる。何かを報告しているらしい。とりあえず、

「あー、そうなの。いろいろと見えたのね。よかったねえ」

というと、

「んー」

と満足したように鳴いて、また、外廊下の散歩を続けるのだった。

こういう状態が続いていたのなら、全く、問題はなかった。ビーは階段の上から下を見下ろしていることはあったが、下に降りようとする気配はなかった。もともと臆病な質なので、興味はあるが自分が下に行くということはないのだろうと思っていた。

夏場は日当たりのいいベランダよりも、北側の外廊下は涼しい。足裏の肉球がひんやりして気持ちがいいのか、ビーは外廊下に出たがった。もちろん私の監視つきである。あるとき、宅配便を持った配達のお兄さんがやってきた。ビーは外廊下でお兄さんの顔を見上げたまま、おとなしく座っていた。私は玄関に置いてある印鑑を取りに行った。そして監視用の椅子のところに戻ると、ビーの姿は忽然と消えていたのである。

「やられた」

私はあわてて下をのぞいてみた。ビーの姿は見えない。階段から下にかけ降りた。一階には大家さんと幼稚園の子供がいる若夫婦が住んでいる。ちょっとした木を植えた庭があって、そこには虫がいっぱいいるのだ。あちらこちらをきょろきょろしてみたが、ビーの姿は見えない。木や緑の中にあのシャム猫のベージュがまじると、保護色になってしまうことがわかった。おまけにこそドロ顔で顔面が黒いから、よけいわかりにくい。私は視線を低くするために、しゃがみこみ、小声で、

「ビーちゃん、帰ってらっしゃい」

といってみた。何も聞こえない。植えられている木をかきわけてみたがいない。

「ビーちゃん、出ておいで」

声をかけながら、探していると、背後でかさっという音がした。振り返ると、ビーが私のほうを振り返って見ている。物置の下に隠れていたのが、植込みをかき分けて出るときに、音を立ててしまったのだ。

「こらっ!」

思わず怒鳴ると、ものすごい勢いで階段を上っていった。急いで後を追うと、階段の上でまたちょっと振り返った。私がどんな様子か見ているようだ。

「何やってんの! あんたは!」

びっくりしたビーは、ターボがついたように走り出し、二階から三階への階段では、あわてて階段を踏み外し、転げ落ちそうになっていた。

部屋に入ると、ビーの姿は見えない。

「どこに隠れてるの。出てきなさい。何でああいうことをするの!」

そういいながら探しまわると、本置き場の段ボール箱の蓋の陰になったところに、小さくなって座っていた。

「あ、こんなところにいた」

そういうと、ビーは、

「にゃー」

と蚊の鳴くような声で鳴き、上目づかいにこちらをちらっと見たあと、目を伏せた。

「自分が何をしたのか、わかってるんでしょ。出てらっしゃい」

ビーは体を固くして、伏せの姿勢をとり、亀みたいになっている。

「もう、あんたなんか、知らないからね」

そういって部屋を出て、知らんぷりをしていた。

それから十五分ほどして、晩御飯を作って食べていると、ビーがやってきた。私のほうを見ている。今度はこちらが目をそらして知らんぷりをしていると、黙ってすり寄ってきて、頭を何度も私の体にこすりつけてきた。

「どうしたの」

声をかけるとビーは頭から体から、ぐいぐいとこすりつけ、

「あん、あん」

と甘えて鳴く。

「どうしてあんなことしたの。呼んでるのがわかってたんでしょ。どうして隠れてたの」

そういうと、ますますビーは頭をこすりつけてなついてくる。そしてそれをひとしきりやったあと、今度は膝に乗ってきて、前足をたたんで、猫箱の体勢に入った。

「おばさん、御飯を食べてるんだけど」

そういってもビーには無駄だった。しっかりと目をつぶって、今度は眠りモードに入っていった。

「もう、わかったね。ああいうことをしちゃだめだよ」

「にゃあ」

私はビーの返事を、猫の本心だと思って聞いた。以前、実家で飼っていたトラは、一度、だめといったことは、二度とやらなかった。だからビーも今度のことで、しっかり反省しただろうと思ったのである。

それから何日かは、ビーもおとなしくしていた。私のほうをちらちら見ながら、叱られないようにしているようだった。しかし外廊下に出たら、やはり下のほうが気になるらしく、階段の上のところで横になっている。そしてあおむけになり、うーんと伸びをする。

「やっぱり外は気持ちがいいのかねえ」

そう声をかけると、

「ん！」

といいながら、ごろごろしている。ところがごろんごろんと体を左右に動かしながら、すとんと一段、降りた。

「おや、すべって一段、降りちゃった」

というふうな素振りであったが、こちらの様子をうかがっているのは十分にわかった。ビーはあんなちっこい脳味噌で、いろいろな戦術を考えていたのである。見て見ぬふりをしていると、また、ごろんごろんとしながら、ずるっとまた一段、すべり降りた。放っておいたらこのままこれを続けて、下まで降りていくつもりだろうか。ビーは丸い目をして、こちらを見ている。

「そんなことをしていいと思ってるの」

諭すようにいうと、ビーは姿勢を低くして、階段を上ってきて、私のそばに寝そべった。

「あんたも、いろいろな手を考えてるじゃないの。賢いね」

ビーは目をぱちぱちさせながら、私とは目線を合わせようとはしなかった。

次の日、ビーは階段の上でお座りをしていた。じーっと下を見ている。

「何が見えるの」

一緒になって見下ろしてみると、一階の奥さんが箒でドアの前を掃除しているところだった。

「お掃除してるね」

そういうと、ビーは、

「にゃ」

と鳴いた。それでも興味深そうに、下の景色を眺めていた。

そのうち奥さんは掃除を終え、部屋に入っていった。ビーは見知らぬ人がいるところへは、自分からはすすんで行かないのだ。私はビーがどうするかと観察していた。座っていたのが、しゃがみはじめた。そろそろ下に降りる準備をはじめたのかと思って警戒した。しゃがみながら、そろりそろりと前進する。上半身はすでに下に降りる体勢に入っていた。降りるのは時間の問題のようにみえた。しかしビーはしばらくその体勢のまま、下を見下ろしていたが、ふっと決心したようにそろりそろりと後ずさりして、元いた場所に戻った。

「んっ、んっ」

と鳴きはじめたのである。まるで自分独りで納得しているかのようであった。

「降りなくてえらかったねえ」

誉めてやると、

「あん」

とうれしそうな顔をした。

ところがそんなしおらしさを見せたのもつかの間、それからビーは何度も脱走した。右を見て左を見たら、もう階段をかけ降りていたこともあった。

「待ちなさいったら、待ちなさい！」

そういっても私のいうことなど無視して、ものすごい勢いでかけ降りていく。あわてて追いかけると姿は見えない。植込みの中、物置の下を見てみたがいない。しばらくそこで様子を見ていたが、出てくる気配はなかった。

そのとき隣家でガチャッと、ビンものを片づけているような音がした。そのとたん、私の目の前をものすごい勢いで、うす茶色の生き物が横切っていった。びっくりして目で追うと、ビーだった。ビーが姿を現したところを調べてみると、隣家との境のブロック塀のすみに、ちょうど猫が通れるくらいの穴があいている。どうやらビーはそこから隣家に行ったのはいいが、音にびっくりして戻ってきたらしいのであった。こんな穴があいているんだったら、ますます気をつけなければいけなくなった。

私は部屋に戻った。怒られるのがわかっているので、ビーは姿を見せない。

「どこにいるんだ、悪い子は」

本置き場のカーテンの陰、台所などを探しまわると、ベッドルームのクローゼットの隅っこに、光る二つの目があった。

「こらあっ！」

ビーはものすごい勢いで出てきて、

「おわあ、おわあ」

と鳴きながら、リビングルームのソファの下にもぐりこんで出てこない。

「どこまで行ったの、あんたは」

そういいながらしつこく追いかけていくと、観念したらしくリビングの真ん中で、また亀さん状態になった。

「だめっていったでしょ。どうしてお隣の家にまで入って行くの」

私はビーのお尻を叩いた。中途半端にしたらいけないと、思いっきり叩いた。耳がぺたんとなっている。

「わかったの？　えっ？」

ビーに顔を近づけてみると、何とビーは喉をごろごろと鳴らしているではないか。

「何で喜んでるのよ」

頭にきて、もう一度、力いっぱい手が痛くなるほど、お尻をひっぱたいた。それでも、またごろごろと喉を鳴らしている。

「あんたはマゾか？」

私は拍子抜けしてしまい、ソファに座ってぼーっとしていた。ちらちらと様子をうかがっていたビーは、ころあいを見計らって、私の足に頭をこすりつけ、和平協定を結ぼうとしていた。

「あーあ」

ため息をついていると、ビーはごろごろと喉を鳴らしながら、膝の上に乗ってきて目をつぶったのだった。

カラスはこわい、しかし外に出たい

秋口のとても気候のいい日の夜、ビーの大脱走事件が起こった。いつものように外廊下に出たがったので、ドアを開けてストッパーで固定しておいた。ビーが右に行った姿が見え、階下に降りる階段の方ではなく、ベランダのほうに歩いて行ったので、安心していたのだ。ところが玄関の前で待っていても、いつまでたっても戻ってこない。ペンライトを持ってきて、ベランダを探してみてもいるはずの場所にビーの姿はなかった。これは下に降りていったのは間違いない。私はペンライトを手に、あわてて外階段を使って一階に降りていった。もしかしたらと、建物の横の通路から外をのぞいてみて、私は凍り付いた。前の道路に出たビーが尻尾をぴんと立てて、あたりを見渡し、左に歩いていこうとしていたからである。

「ビーちゃん、戻りなさい！」

他人の部屋の前だろうが、そんなことはおかまいなしで私は怒鳴り、あわてて外に出た。ところがビーの姿は忽然と消えていた。バイクが通り、犬を散歩させている人もいる。もともとは臆病な猫だから、びっくりしてパニックになり、近所の家の庭にもぐりこんでしまう可能性だってある。私はこれはなんとかしなければとあせりまくり、まずは左側に建っているアパートを探してみた。ペンライトで照らしながら、

「ビーちゃん、出ていらっしゃい」

と猫なで声で語りかける。しかしどこにも姿は見えない。私は途方にくれながらも、周辺を、

「ビーちゃん、ビーちゃん」

と呼びながら探した。歩いている人からは不思議そうな顔をされたりしたが、そんなことにかまってはいられなかった。自分の家の猫ならともかく、ビーは隣の家の猫である。万が一のことがあったら、飼い主のモリタさんに何といってよいかわからない。

約三十分の間、探してみたが、ビーはみつからなかった。

「もしかしたら、ドアを開けていれば帰ってくるかもしれない」

と思い直し部屋に戻ることにした。外階段を上がりながら、あちらこちらをライトで照らしてみたが姿はない。犬が吠えているのを聞けば、もしかしてビーが吠えられているのではないかと心配になる。もう一度、探しにいこうかと思いつつ、ふと開けっ放し

にしてきたドアの前を見ると、ビーがちょっと伏し目がちになりながら、こちらを向いて、きちんとお座りしているではないか。

「どうしたの、ビーちゃん。帰って来てたの？」

声をかけるとビーはごろごろと喉を鳴らし、私の脚にまとわりついてきた。どうも私が一階で怒鳴って、外に出るのと入れ違いに、ビーはびっくりして部屋に戻ってきていたらしい。それを私は外に出ていったままと勘違いして、探しまくっていたというわけのようだ。きっとビーは私が名前を呼んで探しているのを聞いて、気がとがめてドアの前でじっとお座りしていたのだろう。

「あー、よかった」

一気に力が抜けた。ビーを抱っこして、私はよろよろと部屋の中に入った。

そんな大脱走をしながらも、秋の終わりから冬になると、ちょっと様子が変わってきた。いちおう、ドアの前に座って私の顔を見上げ、

「開けて」

といいたげに、鼻にかかった甘え声でしつこく鳴くのは同じであるが、ドアを開けてやると弾丸のように外廊下に飛び出していっても、すぐ帰ってくるようになった。あまりにあっさりしているものだから、

「どうしたの？　珍しいじゃない」

といいながら、外廊下に立って見ていると、いちおうは、たったたっと走って、いちばん端っこまでは行ってみる。その間、外廊下に置いてある自転車や、風に吹き上げられて落ちているゴミや花びらの匂いをかいだりはする。しかし以前のようにそこでごろりと転がったりすることはなくなった。とにかく、たったたっと小走りに歩いて、チェックをすませると、そそくさと部屋に入ってしまうのである。

「どうしたのかしら」

北向きの外廊下は夏場でもひんやりしているくらいだから、冬になるととても冷えてくる。床が冷たいので、ビーも早足で歩かざるをえなくなっていた。

小走りのビーのあとをくっついて、

「ここを歩くと、肉球が冷えるようになったねえ」

と声をかけると、

「んー」

と返事をする。

「やっぱり、肉球が冷たくなるのは嫌なんだね」

と聞いてみると、

「んー」

という。いくら肉球が冷えるとはいえ、これまでに外廊下に出る習慣がついていたので、毎日一回は、ちょこちょこと小走りで外廊下を往復するのはやめなかった。外廊下に出さないと、いつまでもうるさく鳴いているのだが、一度でも出てしまうと、納得しておとなしくなる。夏場のようにものすごい勢いで脱走したり、頭を使って階下に降りようとすることは、一切なくなった。外にでる欲求と、冷えを秤にかけると、さすがのビーも外に出るのを控えるようになったというわけなのだ。

その日はいつもよりも暖かい日だった。ビーはいつものように、玄関のドアの前に座り、私の顔を見上げて、出してくれといって鳴いた。

「今日は暖かいからいいね」

といいながらドアを開けてやると、喜んで外に出ていった。最近は階下に降りようとしなくなったといっても、ビーはお調子者で有名である。こちらの気がゆるんでいるのを察知すると、裏をかいて一気に階段を駆け下りてしまう可能性もある。だから私はジャケットをはおり、ドアの前でじっと監視していた。外廊下のはじっこまで、たったったっと走っていくと、そこでビーが空の一点を見つめている。何を見ているのかと視線を追うと、隣の家の屋根にカラスが一羽とまっていた。

このあたりは最近、カラスがとても多くなってきている。特にゴミの日にはどこからこんなに集まってきたのかというくらい、徒党を組んで飛んでくる。それが収集する前のゴミをあさり、ひと休みをしているのか、民家の塀にとまって、かあかあと鳴いている。あの大きなカラスが十羽、ずらっと並んでじっとこちらを見ている前を通るのは、ちょっと恐い。私は子供のころに、明治神宮でカラスをからかったことがある。そのときは何の反撃もしなかったのに、私が後ろをむいた瞬間に、頭のすれすれをねらってものすごい勢いで飛んで来た。私は、

「ぎゃー」

と叫びながら、びっくり仰天して逃げたのだが、あれ以来、どうもカラスは苦手になった。よくみると、カラスの濡れ羽色というくらい、青、紺、黒のグラデーションのきれいな色をしているのだが、あの太いくちばしを見ると、いまだにちょっと腰が引けてしまうのである。

しかしビーにとっては、雀もカラスもただの鳥でしかないのか、屋根の上にとまっているカラスに興味を示し、

「捕ってやるぞ」

というような素振りで、じっとカラスを見つめていた。そのときカラスがふわっと飛んで、外廊下の目隠し用の不透明ガラスの上、ちょうどビーの頭の上の位置に飛び移ってきた。カラスが飛んだものだから、それにつられてビーは後ろ足で立ち上がり、前足を外廊下の壁について、カラスを見上げる形になった。私は、

「あら、カラスが近寄ってきた。どうするのかしら」

と眺めていた。

ビーはさっきと同じ体勢のまま、じーっとカラスを見上げている。するとカラスは翼を広げて、ビーの鼻先、すれすれのところまで顔を近づけ、羽を二、三回、ばたばたと動かした。全く、猫を猫とも思っていない態度である。するとそれを見ていたのか、どこからともなく、二羽のカラスが、

「かあかあ」

と鳴きながら飛んできた。ビーが立っている位置から見て、横にある日隠しのところにとまり、また羽をばたばたさせた。つまりビーは外廊下のどんづまりで、三羽のカラスに囲まれてしまったのである。

私はそれを後ろから見ていて、

「いったい何が起こるのだろうか」

とどきどきした。しかしまだ私がしゃしゃり出ていくタイミングではないと判断した。そういう状況になったとき、ビーは猫として反撃するのか、それとも尻尾を巻いてそそくさと逃げてくるのか、いったいどうするのかに興味があったからである。三羽のカラスは、とまったまま体勢を低くして、ビーにとびかかりそうな格好をする。もしそれが漫画や絵本であったなら、

「ほーれ、突っつくぞ」

とせりふが書かれるような態度であった。

（ほら、どうするんだ、ビー）

私は心の中でいった。ところがビーはさっきの体勢のまま、後ろ足で立ち、前足を壁につけたその格好で、まるで置物のように固まってしまったのであった。

それを見たカラスは、何度も何度も、

「ほーれ、突っつくぞ」

というようにビーをからかい、羽をばたばたさせている。からかいたい放題、ビーをからかっているのがわかった。しかしビーは相変わらず、反撃するどころか、かっちかちに固まっていて声も出ない。

「これは、まずい」

と判断した私は、

「どうしたの、ビーちゃん」

と声をかけながら、ゆっくり外廊下を歩いていった。私が近づいていってもカラスは逃げようとしない。やっとビーにさわれるくらいに近づくと、しぶしぶという感じで、三羽のカラスはゆっくりと飛び立っていった。

「びっくりしたねえ」

ビーを抱き上げて話しかけると、必死で私の体にしがみついてくる。目はうつろで放心状態だ。

「怖かったねえ」

何の反応もない。

「大丈夫？」

体をさすってやると、しばらくしてやっと喉をごろごろと鳴らしはじめた。

部屋に戻って気分が落ち着いてきたら、さすがのビーも腹が立ってきたのか、私の履いているウールの室内履きに八つ当たりしていた。両前足でがしっと甲の部分をつかみ、がぶっとかみつく。そしてその次には体を横にして前足で室内履きを抱え、後ろ足で何度もキックをくらわすのである。

「ねえ、面白くないのはわかるけどさ。どうしてこれに当たるのよ」

そういってもビーの気持ちは収まらないらしく、いつまでも私の室内履きを怒りのはけ口にしていた。その日は外に出してくれとねだらないどころか、玄関のドアにすら、近づかなかったのだった。

この話を飼い主のモリタさんにすると、彼女はげらげらと笑った。

「ほら、ビーちゃん。あんた、弱虫なのがカラスにもばれてるよ。『こいつはいける』って思われちゃったんだねえ。どうすんの、カラスにもバカにされちゃって」

そういわれたビーは、バツが悪そうにこそこそと姿を消してしまった。

それからビーの態度が変わった。玄関のドアの前に座り、鳴きながら「出して」というのは同じなのだが、遠くでカラスの鳴き声がすると、びくっとするのである。

「あら、カラスだわ。この間のがまた来たのかしら」

とためしにいってみたら、ビーは聞こえないふりで、そっぽをむいていた。

「出たいんでしょ。開けてあげようね」

ドアを開けてやっても、きょろきょろと周囲を見渡しているだけ。

「どうしたの？　出れば」

と尻を押しても、私の顔を見上げて、

「にゃあ」

と鳴いて座り込む。まるで亀さんみたいになっているのである。

遠くからはカラスの鳴き声が、相変わらず聞こえてくる。

「わかった。あんた、あのときから、カラスが怖くなっちゃったんだね」

そういうと、ビーが肩を落としたようにみえた。

「わかった、一人じゃ外に出たくないのね。じゃあ、おばさんが一緒に歩いてあげよう」

そういって私も外廊下に出ると、ビーは尻尾を立ててあとをついてきた。そして歩きながら、私にむかって、

「あん、あん」

と何事かいう。私はわからないながらも、

「そうか、そうねえ。そうだねえ」

と適当に相槌を打ちながら歩いていくと、ビーは尻尾をぴんと立てて歩いている。ところが私が立ち止まると、ぴたっと歩くのをやめて、私の顔をじっと見上げているのだ。

「大丈夫だよ。ここで見てる。カラスがきたら追い払ってあげるから。いって歩いておいで」

そういっても、ビーは動かない。そしてそのまま、そこに座ってしまうのだ。

「ほら、肉球が冷えるんでしょう。座ったらお尻まで冷えちゃうよ」

それでもビーは自分一人で歩こうとはしなかった。

「じゃあ、端っこまでいこうか」

また歩きだすとくっついてくる。そこで私は面白がって、ものすごい勢いで走って逆戻りした。私が走ったのを見て、ビーもびっくりして後を追いかけてきた。必死の形相であった。

「びっくりした?」

笑いながら、うちのドアのところまで戻ると、ビーは、

「にゃあー」

と大きな声で鳴いて、ちょっと怒っているようだった。

「ごめん、ごめん」

私は今度はビーを抱っこして、外廊下をゆっくりと歩いた。抱っこされるといちばん落ち着くようで、ものすごい音でごろごろいっている。

「カラスはどうして、ああいうことをするんだろうねえ。でもビーちゃんも猫なんだから、からかわれたら固まってないで、ちゃんとかまさなくちゃだめだよ」

そういってもわかっているのかいないのか、私の肩に顎をのせて、ごろごろというだけである。時折、ビーは隣家を見下ろし、蒲団を干している奥さんの姿を興味深げに眺めたり、空を仰いだりしている。そんなときも、カラスの「かあ」という声が聞こえると、びくっと反応し、耳がアンテナ状態になり、私の体に必死にしがみつくのであった。

部屋の中でのんびりくつろいでいても、「かあ」が聞こえると、ビーの体は反応する。それまでは、ベランダにカラスの姿が見えると、興味津々でカーテンの陰から狙っていたのに、そういうこともしなくなった。カラスがビーの習慣を変えてしまったのである。ビーにしてみたら不幸なことだったのかもしれないが、ビーの脱走の心配がなくなった私にとっては、ラッキーな出来事だった。ところがまた別の問題が起きた。寒くなってくるうちに、ビーが外廊下には出たがるが、歩かなくなってしまったのである。もちろんまだカラスにはびびっている。ドアを開けて外に走り出さないのも同じである。

「あーん、あーん」

と私の顔を見上げて、いつまでも鳴いている。放っておくとだんだん鼻にかかった甘え声になっていく。

「どうしたの」

と体をかがめると、待ってましたとばかりに、私の体に飛びついてきて、抱っこ状態に入ってしまう。つまり外廊下を歩くと肉球が冷える。暖かいまま外廊下を歩きたい。カラスの被害にも遭いたくない。それには私に抱っこされて歩いてもらい、きょろきょろするのがいちばんいいとビーは考えたのだろう。

「あんたね、年寄りが脚を使わないと、本当にぼけるよ」

そういいながら、私は日に二回、ビーを抱っこして外廊下を歩いている。我ながら、

「どうして、こんなことになっちゃったのかなあ」

と考えたりする。他人が見たら、ものすごく間抜けに見えると思う。ビーは私に抱っこされて、喉を鳴らしながら、目をぱっちりと見開いて、周囲を見渡している。寒くないしカラスの心配もない。私はビーの肉球カバーみたいなものである。たまに、どうしてここまでしなくちゃならないのかと腹が立ってきて、

「また、あのときのカラスを、呼んできちゃおうかなあ」

とビーの耳元でささやき、びびらせて鬱憤をはらしているのである。

もしかしたら、変人？

たとえば仕事の打ち合わせで会った初対面の人でも、動物好きとわかると本題はそっちのけで、飼っている犬や猫の話や、近所の動物の話で盛り上がることがある。これには男性、女性関係なく、どちらかというと男性のほうが熱心に動物の話をする場合が多い。私と同年輩の男性は、自宅で猫を二匹飼っていて、夜は同じ布団で寝ているという。猫が奥さんの布団で寝たそうなそぶりを見せると、

「こっちにおいで」

と両脇に抱えて連れていってしまう。そのたびに、夫婦の間で一悶着起きるというのだ。

彼は、

「近所にね、かわいいのら猫がいるんですよ」

とうれしそうに話しはじめた。この猫は会社に行くときに見つけた。彼の姿を見て、つつつっと逃げたものの、少し離れたところからじーっと眺めている。彼が、

「おいで、大丈夫だよ」

としゃがんで手招きしても、首をかしげて考えている。しばらくかまっていたが、こちらに寄ってくる様子はないので、その日はそのまま会社に行った。

次の日、同じ道を通ると、昨日の猫がいた。

「おいで」

と声をかけると、またつつつっと逃げ、じっとこちらを眺めている。昨日と変わらない態度であった。しかし逃げてどこかに行ってしまうのではなく、彼はその猫が自分に関心を持っているのがわかった。彼は勝手に猫にミーコという名前をつけた。すり寄ってこなくても、

「まあ、気長にやるか」

とのんびりと構え、毎日、ミーコに会うと、

「おはよう」

「元気か」

と声をかけ続けた。そうすること約半年。

「やっと昨日、ミーコがあおむけになって、僕にお腹を触らせてくれたんです！」

彼はとってもうれしそうにいった。

「それはよかったですねえ。その猫は最初っから気にはなってたんだけど、のらだから臆病だったのかもしれませんね。もう大丈夫ですね」

私もそういって、二人でにこにこした。しかし、同席していた彼の同僚である年下の男性は、何をいってるんだろうかというような顔で、呆れ返っていた。動物に興味がない人は、いったい何がそんなにうれしいのか、たかが猫の話題で、なぜそんなに話がはずむのか理解できないだろう。こういう話題は相手を選ぶので、へたに関心のない人にすると、変人扱いされたりすることがあるので、その点、注意が必要なのである。きっと彼は通勤途中、サラリーマンやOLに、「変わった人」と思われていたんじゃないだろうか。スーツをきちんときた中年の男性が、道ばたにしゃがみこみ、

「ミーコ、ミーちゃん、おいで、こっちだよ」

などと手招きしている。動物が好きな人がみたら、微笑ましく思える姿でも、そうじゃない人にとっては、十分、奇行に見える。作家の村上春樹氏も猫を見かけると声をかけたくなり、

「猫山さん、猫山太郎さん」

と呼びかけて、周囲の人に笑われてしまったと書いていたのを読んだ記憶がある。同じようなことをしている立場だと、

「あらまあ、あの人も」

と親近感を持ったりするが、なぜそんなことをするのか、理解に苦しむ人も大勢いると思うのだ。

土曜日、隣町まで歩いていこうと、住宅地の中の路地を歩いているときのことだった。初めて歩く道だったので、うろうろしながら、のんびり散歩を兼ねて歩いていた。すると門の前でしゃがみこみ、敷地の中にむかって、何事か話しかけている男性がいた。年のころは五十歳半《なか》ばくらいだろうか。体格がよく、しゃがんでいるのもちょっと辛そうにみえる。

「それでね、これをね、こうしたんだよ。ほーら、見てごらん、いいねえ」

優しくかんでふくめるように話しているので、私は孫に話しかけているのだと思いつつ、だんだん彼に近づいていった。私が近づく間にも、彼は一生懸命、孫に話しかけている。かわいくて仕方がないんだなあと思いながら、彼の後ろを通り過ぎるとき、そんなにかわいがっている孫は、いったいどんな子なのだろうかと、ついつい門の中に目をやってしまった。ところがそこにいたのは、孫ではなくて猫だったのである。キジトラの細身の猫で、まだ大人になりきっていない。目がぱっちりしていてかわいらしく、黄色い首輪をつけてもらっている。その猫がちゃんとお座りして、彼の話をじっと聞いているのであった。

「あらっ」

思わず私は声を出してしまった。すると彼は、ものすごくばつが悪そうな顔をし、顔をちょっと赤らめたかと思うと、しゃがんだ格好のまま、カニさんみたいに横歩きをして、門の中にこそこそと入っていってしまった。彼の体の大きさからは考えられないくらい、ものすごく素早い動作であった。

私は歩きながら、思い出し笑いをしていた。きっとあの男性は、黄色い首輪のあの猫を溺愛しているのに違いない。自分は食べなくても猫には上等の刺身なども買ってやっているかもしれない。

「おいちいでちゅか、あー、そう、おいちいの。よかったねえ」

などといいながら、膝の上に乗せて撫でている。もちろん妻からは呆れられている。

「私も猫の十分の一でもいいから、かわいがってもらいたい」

などといおうものなら、彼から大反撃を受ける。

「お前がこの子と同じくらい、かわいければな」

などといわれて、夫婦でもめたりする。

「きっと、そうに違いない」

私は勝手に彼の家の事情を想像し、一人でにやにや笑っていたのだった。

また別の散歩ルートの途中に、単身者用の古びたアパートがある。その前を通るといつも、三匹の猫が遊んでいる。親子ではなく、ただ近所ののら猫が集まっているふうだった。かわいがられているのか、彼らは人に慣れていて、私がそばにしゃがみ込むと、近寄ってきて、

「さすって」

といわんばかりに、お腹を上にしてごろりと仰向けになったりした。

そっとアパートの一階をのぞくと、小さなテラスに器が三つ、並べられていた。

「ここで御飯をもらっているんだね。よかったね」

そういうと猫たちは、いわれたことがわかっているのかいないのか、後ろ足で首筋を掻いたりしていた。それから私は、アパートの前を通ると、いつもその猫たちがいるかどうか、確認していたのだ。

ある日、アパートの前を通ると、猫たちに餌をやっていた部屋の住人が引っ越していた。猫たちはアパートの通路をうろうろしている。

「いったい、この猫たちはこれからどうなるのかしら」

私はちょっと心配になった。そこにずっと住んでいるのならともかく、仮住まいでのら猫に餌をやるというのも、人間の勝手というか、なかなか難しい問題である。もしも次に引っ越してきた人が猫嫌いだったらば、この三匹はもちろん追い出される。そうなったらそうなったで仕方がないのだが、気になってならなかった。

それから半月ほどたって、私はそのアパートの前を通った。もうあの猫たちは姿を消しているのではないかと思っていた。ところが三匹の猫は、道路の端でのんびりと横になっている。

「元気にしてたのか」

そういうと三匹は、尻尾をぱたんぱたんと動かした。今度、その部屋に引っ越してきた人は音楽好きなようで、ガラス窓にロック関係のポスターが貼ってあるのが外から見える。カーテンがわりの布も、赤い地に黄色とオレンジの絞り染めという、派手なものだった。どこで御飯をもらっているのかしら、とりあえずは何とかやっているんだなと、ちょっとほっとしていると、

「おーい」

と若い男性の声がした。その声がすると同時に、三匹はすさまじい勢いで庭のほうに走っていった。そっとのぞいてみると、二十歳くらいの長い茶髪の男性が、両手にお皿を持ち、

「御飯だよお」

といいながら、テラスに出てきたところだった。猫たちは、にゃおにゃおいいながら、お皿にむしゃぶりついている。彼はその場にしゃがみこみ、

「おいしい？　おいしい？」

と猫たちに一生懸命に話しかけている。猫が、

「うにゃ」

と鳴いたりすると、

「そうなの、おいしいか。よかったなあ」

といいながら、彼もにこにこしているのだった。もしかしたらそういう姿を他人に見られているのがわかったら、ひどく恥ずかしくなるだろう。あまりじっと見てはいけない。そう思いながらも、私は彼と猫が気になって仕方がなく、ただ通りすがったふりをして、さりげなく観察していたのであった。

深夜、たまにタクシーに乗ることがあるのだが、そういうときもどういうわけだか猫好きの運転手さんに出会う確率がとても高い。運転手さんも客商売だから、むやみにこんな話をしたら悪いと気にするのか、必ず、

「お客さん、猫好きですか」

と聞いてくる。

「ええ、大好きですよ。うちでも飼っていたことがありますよ」

というと、運転手さんの話はとどまるところがなくなる。口を挟むところがないくらい、猫について語りはじめるのである。

ある運転手さんは、多少、時間がずれても、昼食を必ず決まった公園で食べることに

していのだといっていた。いつものように彼は、コンビニで弁当を買い、公園のベンチに座っていた。時間が少しはずれていたので、いつもいるOLたちの姿もなかった。スポーツ新聞を見ながら弁当を開き、食べようとすると、誰かに見られているような気がする。ふと目を上げると、目の前にきちんとお座りした猫がいたのである。昔は白だったのかもしれないが、今はグレーになってしまっている。

「生まれたときから、のらです」

という雰囲気を漂わせてはいるが、ちんまりと座っていて、がさついたところはない。

彼は、

「どうした？　欲しいのか？」

と声をかけてみた。するとその猫は、

「にゃあ」

と鳴いて、するするっと近寄り、足元に座りなおして、じっと彼の顔を見上げている。ここまでされては無視できない。彼はコンビニの弁当のなかから、猫が食べられそうな、鮭を焼いたのと、鶏の唐揚げを分けてやった。猫はおいしそうにぺろりと食べ、口の周りをぺろぺろなめている。遠慮がちに、

「いただけませんか」

というような素振りはみせるが、

「くれえっ」

というような図々しさはみじんもなかった。

運転手さんはそれは、たまたまのことだと思っていた。ところがそれからその公園に行くと、その猫が待っているようになったのだ。遠くから彼の姿が見えると、ものすごい勢いで走ってくる。それも最初は近寄らず、少し離れたところでお座りしている。彼が声をかけると、はじめて寄ってくるのだった。そんな猫に、彼はずっと自分の弁当を分けてやっていた。

ある日、公園に行くと、いつものように猫が待っていたが、隣にもう一匹、別の猫の姿があった。白と黒のぶちである。二匹は友だちらしく、つかず離れずで歩いている。グレー猫が座ると、ぶちも座るのだが、必ずグレーの半歩後ろにいる。

「おいで」

と声をかけて、近寄ってきたときも、初対面ということをわきまえているのか、どんなときもグレーの半歩後ろを歩くのだ。

猫が二匹になると、自分の弁当を分けるわけにはいかなくなってきた。どうしたって量が足りない。それから彼は、コンビニで弁当を二個買って公園に行き、昼を猫と過ごしているのだというのだ。

「いつも二つ買うんですか」

とびっくりしてたずねたら、

「そうなんですよ。自分でも何か、ばかみたいだなって思うんですけどね」

そういって彼は笑った。自分は焼き肉弁当でも何でも買うのだが、猫のためにメインが魚のおかずになっている弁当を選んだり、たまに、猫への特別サービスで鶏の唐揚げを買ったりする。最近ではコンビニでもキャットフードの缶詰も売っているので、それを買ったりもするのだといっていた。

「それがね、このごろカラスに弁当を狙われちゃっててね」

彼はぐぐっと笑った。公園にはカラスもたくさんいる。彼らはものすごく目ざといから、食べ物を目にすると、素早く寄ってくる。彼が帰ろうとすると、邪魔者がいなくなると思うのか、カラスの行動が大胆になるのだというのだ。猫のすぐそばまで近寄ってきて、周囲をぴょんぴょんはね回る。もちろん猫たちは気が気じゃない。食べるのと、

「シャー、シャー」

と歯をむいて威嚇するのとで、パニックになる。

「見てるとね、カラスはからかっているみたいなんですよ。そばまで寄ってきて、ひょいっと離れたりね。それなのに猫たちは必死になってるんですよ。『がんばらないと取られるぞ』って声をかけたりするんですけどね。カラスっていうのは、あれは頭がいいですねえ。猫なんか、本当に軽くあしらわれちゃって、漫画みたいですよ」

彼は笑った。

「女房に小遣いを上げてもらって、猫のために弁当を買っているなんてばれたら怒られちゃうけどね。でもね、猫がね、かわいいんですよ。のらだからっていったって、図々しいところなんかないんですよ。じーっとおとなしく、やるまで待ってるんですから。友だち同士でもあとから来たのが、最初のに遠慮をしたりしてねえ。きちんとしたもんです」

神経を使う運転のなかで、猫に御飯をやるときが、彼の心が安らぐときなのだろう。

年末近くにタクシーに乗ったときは、運転手さんに、

「お客さんは、休みにどこか出かけるんですか」

と聞かれた。私は会社員の人が休みをとるときには、どこにも行かないことにしているので、

「行く予定はないんですよ」

というと、彼は、

「そうですよね。混んでいるときはわざわざでかけることはないね」

という。そこで私が、

「じゃあ、運転手さんもお宅で過ごすんですか」

とたずねたら、まってましたとばかりに、

「うちにはね、猫がいるので、どこにも行けないんですよ」

といいはじめ、猫について熱く語りはじめたのである。

彼は上下二世帯ずつのアパートの一階に、奥さんと子供二人と住んでいる。部屋の前にある庭に、のら猫の親子が姿を現した。焼き魚の残りや缶詰をやっているうちに、親子は家猫になってしまったというのである。奥さんは、

「私はあんたと子供の世話があるから、猫のことまで手がまわらない」

というので、彼が猫担当になった。トイレの始末まで、全部、彼がしているというのである。

「うちのはね、ミーちゃんとチーちゃんっていうんですよ。かわいい顔をしてるんですよ」

猫を飼っている人がすべて陥る、親ばかならぬ猫ばか状態であった。

「猫がいると、旅行にも行けないですよね。女房と子供はどこか連れていけってうるさいから、『金は出してやるから、三人で行って来い』っていってやったんですよ」

そういったあと彼は、

「猫はかわいいね。文句はいわないし、いってることはわかるし。うちの子供なんかいうことは聞かない、呼んでもそっぽを向く。猫のほうが私の話を聞いてくれますよ」

彼のいちばんの楽しみは、猫たちとこたつでテレビを見ながら、何やら会話をし、昼

寝をすることなのかもしれない。

男女を問わず、猫が好きな人はいる。女性が猫に話しかけていても、別に何とも感じないが、男性がそれをやっていると、とても微笑ましい。優しい人でいいなあと思う。しかし実際にその姿を見ると、やっぱり吹き出してしまいそうになる。しかし私は、猫たちをかわいがってくれる人がいてよかったとぐっとこらえ、見てみないふりをするのである。

雪の日だって大丈夫

二年前の雪の日、私は隣町を歩いていた。まだ雨が雪になりかけたくらいで、道路にも屋根にも積もっている状態ではなかったが、これから本降りになりそうな気配が濃厚だった。大雪になる前に隣町の大きなスーパーマーケットに買い出しに行こうとしていたのである。いつもの路地をぬけ、車が通る道に出ると、一階に大家さんが住んでいる、小さなマンションがある。ふとそこに目をやると、マンションの庇《ひさし》がわりのでっぱりの下で、仔猫がうずくまっていた。ぼそぼその毛を逆立てて、まん丸になっている。生まれたてではないが、まだまだ赤ちゃんといった感じであった。ほとんど白毛で、背中に黒丸が二つ、縦に並んでいる。誰かが水とドライフードを置いてくれていて、それを前にへたりこんでいる。顔を見ると風邪をひいているのか鼻水でぐちゃぐちゃになり、赤ん坊に固いドライフードはまだ無理なのか、お尻も汚れていた。毛には雪もくっついているのだ。

私はこの仔猫をどうしようかと、ひどくうろたえた。この状態では風邪をこじらせ、お腹をますますこわしてしまうだろう。

「ああ、どうしよう、どうしよう」

仔猫は鳴くわけでもなく、愛想をふりまくでもなく、ただへたりこんでいる。私はしばらく眺めていたが、とにかく、さっさと買い物を済ませ、その間に考えようと思い、走ってスーパーマーケットに行った。

買い物をしながら、あの仔猫をどうするかと考えた。あんな姿でいるのに、放ってはおけない。これから雪が降るというのに、あのままではかわいそうだ。私はそそくさと買い物を終え、来た道を戻っていった。歩きながら買い忘れている物がいくつかあるのに気がついたが、

「もう、どうでもいいや」

と思った。そしてそのマンションの前にやってくると、仔猫は姿を消していたのである。器をのぞきこむと、置いてもらった餌はほとんど食べていない。陰にいるのかとマンションのまわりをのぞいてみたが、やはり姿は見えなかった。雪はどんどん降ってくるし、仔猫の姿がないので、仕方なくそのまま帰ってきた。

雪は降り積もり、私の心はひどく痛んだ。あの仔猫はいったいどうしたのだろうかと、

気になって仕方がない。あんなに鼻水を垂らし、お尻も汚れていたら、体も弱っていることだろう。それに大雪である。餌を置いてくれている人がいるのは救いだったが、暖がとれるわけではない。私は自分がとても悪いことをした気がして、雪が降り続いている間はもちろん、雪がやんでも何日かの間は、落ち込んでいた。どうしてあのとき、買い物をやめても、すぐ拾ってこなかったんだろうかと後悔した。それからは隣町に行くときも、仔猫がいたマンションの前は歩く気にもなれず、遠回りをしても、他の道を歩いていった。あの具合の悪そうにへたりこんだ仔猫の姿が目にやきついていたからだ。猫を飼うきっかけには、いろいろな偶然が働く。店で買うのでさえ、たまたまそこにいる猫を買うのだから偶然だ。まして拾うとなったら、どれほどの偶然があるかわからない。こちらは、そこに猫がいるのさえもわからないのだから。もしかして私はその偶然を無視し、あの仔猫が生きるチャンスを奪ってしまったのではないかと、悔やんだのである。

ビーが遊びに来ると、

「この間、雪が降っているときに、仔猫がいてねえ、今は元気でいるのかねえ」

などと話しかけたりしてみたが、もちろんビーは知らんぷりである。

「雪が降ると、寒いんだよ。わかる？」

そういうとビーは、わかっているんだかいないんだか、

「んー」

と鳴いた。

「あんたはいいね。雪が降っても雨が降っても濡れないし暖かいんだから」

そういって抱っこをしてやると、ふごふごといいながら、鼻の穴を開いていた。

仔猫のことで自分を責めなくなったのは、何カ月もたってからである。マンションの前を通ると、やはり気になって探してみるのだが、猫の姿はなかった。そして去年の四月、私はまた同じ道を歩いていた。ちらりとマンションを見たが、いつもと同じように猫の姿はなかった。書店で本を数冊買い、スーパーマーケットで買い出しをして、帰り道、マンションの前を通ったとき、私はびっくりして立ちつくしてしまった。そのマンションの大家さんの門の前に、大きな鉢植えの植木があるのだが、その植木鉢に赤い首輪をつけてもらった白い猫が、でーんと座っていたからである。ころころとして毛艶のとてもよく、目もまん丸でかわいい。ひと目でかわいがってもらっているのがわかる猫だ。

「もしかして……」

背中を調べてみた。すると間違いなく、その猫の背中には、黒丸が二つ、縦に並んでいる。一年三カ月ぶりの再会であった。あんなにぼろぼろだった仔猫が、こんなに元気で大きくなっている。

「よかった、生きてたんだねえ」

その猫はくりくりした目を見開き、きょとんとして、私の顔を見上げたままだった。心の底からほっとした。実は去年の一月から、うちでは突然、土地を買って家を建てるという話が持ち上がり、私のところに母親や弟から、毎日、電話がかかってきて、

「十五日までに、お金を準備しておいて」

とこちらの都合や計画、私の心情などは無視されて話を進められ、うんざりしているところであった。電話で話せば喧嘩になり、

「いい加減、親子の縁を切ったろか」

と頭にきていたのである。そこにあの仔猫との再会。うんざりした日々のなかで、ひとすじの明るい光を見たようであった。生きていれば、やっぱり楽しいこともうれしいこともあると思ったりしたのだった。

早速、家に戻るとビーが遊びに来ていたので、抱っこしながら、

「前に話したことがある猫がね、ちゃんと飼ってもらってね、大きくなってたよ。よかったねえ」

といってみると、ごろごろと喉を鳴らしていた。別に話の内容に喜んだわけではなく、抱っこしてもらえてうれしかっただけなのだろうが、私は、

「よかった、よかった」

といいながら、ビーを抱っこしていた。ビーの飼い主であるモリタさんにも、ずっといえずに黙っていたが、その夜、猫が飼ってもらっていたことを話した。すると彼女は、

「やっぱり動物好きの親切な人がいるのね。よかったわねえ。私もこの間、整体の先生の家の近所で、ぐったりしている仔猫を見て、とても心が痛んだんだけど、今日行ったら、近所の人が獣医さんに連れていって、面倒を見てくれているって聞いて、ほっとしたの」

といっていた。

雪の日の仔猫のことは、結果がよかったので、私の中ではうれしい思い出になっているが、もしもあの猫に再会することがなかったら、私は雪が降ると、いつまでも、

「どうしているだろうか」

と思い出したに違いない。雪が降れば降るほど辛くなったと思う。猫と再会しないいま、今年の大雪を迎えるのと、猫の幸せな現在を知って迎えるのとでは、気分は大違いであった。

今年のはじめに、東京に雪が降りそうだというニュースを聞いた直後、私は日課の散歩のルートをちょっと変えてみた。そこには古びたアパートがあり、半年ほど前から、猫の母子がうろうろしているのを見ていたからである。母親は白と茶色。子供は一匹で白と黒が半々くらいの配分で、足の先が白い「足袋猫」だった。母子がアパートの隣の

車二台分の駐車場でのんびり寝そべっているのを、何回か目撃した。その母子を思いだし、いってみたのだ。

そっとブロック塀の横から、アパートの一階をのぞいてみると、一階の二世帯のうちの一軒のドアの横に、間口が四十センチ、奥行きが五十センチくらいのくぼみがある。何のためにあるのかはわからないが、そこにつぶした段ボール箱とバスタオルが敷いてあった。猫の姿はなかったものの、そこは猫のベッドに間違いなかった。住んでいる人が、寝床を作ってくれていたのである。

「よかった、よかった」

と思いながら、買い物をして帰ってきた。

そして寒さがより厳しくなってきた翌日、またそのアパートの前を通って、猫の寝床をのぞいてみると、今度は段ボール箱がそのまま置いてあり、中にタオルが敷いてあった。おまけにくぼみの前に幅が三十センチ、長さが一メートルほどの板を横にして立てかけてある。出入り口は確保した風よけを作ってもらっていた。寒くなってきたので、なるべく暖かくなるようにしてくれているのだ。

翌日、ニュースのとおりに、雪が降りだした。また私はアパートの前を通った。すると箱の中には、毛足の長い白い敷物が敷きつめてあり、どんどん寝床が改善されている。買い物を済ませて、三十分後にアパートの前を通りかかると、ドアが開いて中から男性

と女性が出てきた。年齢は三十代半《なか》ばくらいだろうか。すると箱の中から、

「にゃーん」

と声がして、母猫が顔を見せた。仔猫の小さな黒い耳もみえた。夫婦らしきその二人は、空と寝床を交互に見ながら、

「これだと降り込むね」

と話し合っている。母猫はうれしそうな顔をして、二人を見上げている。どちらかというとこの母猫はいつも無愛想で、むすっとした顔をしているのだが、この二人には私が見たことがない顔で、愛想をふりまいているのであった。

夫婦は傘を開き、台所の窓のところにある柵に、曲がった柄の部分をひっかけた。すると傘がちょうど寝床の部分を覆い、降り込む雪がしのげるのである。

「ああ、これでいい」

夫婦は猫たちの頭を撫でて、出かけていった。それからあの大雪になったが、きっと猫たちはあのご夫婦に世話をしてもらって、これからも暖かく過ごすのだろう。

雪が降ると犬は喜び、猫はただじっとしているようにいわれるが、最近の犬は暖かくしてもらっているせいか、あの大雪の中でもはしゃいでいるようには見えない。元気で走り回っていたのは、シベリアン・ハスキーくらいのものである。犬だって寒いときには寒い。なかには毛糸でコートを編んでもらい、足早に歩いている犬もいた。私は犬を

飼ったことがないのでわからないのだが、やっぱり犬も冬は寒いし、暖かいほうが快適なのではないかと思う。

一方、雪が降っている間は猫も家の中にいるが、雪がやむと興味深そうに外を眺めていたりする。犬よりも猫のほうがはるかに好奇心が強く、物見高い性質を持っているのではないかという気がするのだ。

実家で飼っていたトラは、雪が降ると家の中に避難してきて、こたつの周辺でおとなしくしていたが、降り止むとじーっと雪景色を眺めていた。今までとは違うということだけはわかるようだった。そこで、戸を開け、

「ほら、行ってみてごらん」

と外に出そうとすると、いちおうは足を一歩、踏み出すのだが、ちょっと地べたに足が触ると、ひょいっと持ち上げて、つつっと後ずさりする。

「ほら、めったにないから遊んでおいでよ」

と無理矢理に出そうとすると、必死に踏ん張って嫌がっていた。今年も雪が降ったあと、外を歩いていると、日当たりのいいところに避難した猫が、不思議そうに雪がたまっているのを見ていた。なかには雪に反射してまぶしいのか、目をぱちぱちさせている猫もいたのだった。

「きたな通り」のおじいさんと息子さんが、雪かきをしようと、大きなスコップを出してきた。するとガレージの猫ベッドにいた猫たちが、わーっと降りてきて、おじいさんたちの足元に集まってきた。そしてスコップのにおいをくんくんと嗅ぎ、まとわりついて離れないのである。

「これ、あっちに行って待ってなさい」

息子さんにいわれると、猫たちはしぶしぶといった具合にガレージに戻っていった。二人が雪かきをはじめると、猫の目がらんらんと輝きはじめた。ある猫は雪かきの動作を飽きずにずっと目で追っている。別の猫は道路の隅に集められた雪の山に近づき、ふんふんとにおいをかいだり、のぼったりしている。

「寒いから、中に入って」

といわれても、猫たちはその場を離れる気配がない。猫ベッドにいたほうが暖かいに決まっているのに、ずらっと並んで二人の様子を眺めている。通りかかった人が、

「ご苦労様です」

と二人に声をかけ、猫たちも総動員しているのを見て、

「あら、寒いのに、みなさん、お揃いなのね。あっはっは」

と笑い出した。

「そんなに見てるんだったら、手伝ってもらいたいわねえ。猫の手も借りたいっていう

じゃないですか」

そういうとおじいさんが、

「そうなんですよ。見てるだけでね。何の役にも立たなくて」

といって笑った。息子さんも笑っていた。何の役にも立たないといわれながらも、猫たちは飽きずに、二人の作業を観察していたのであった。

日当たりのいい表通りは雪がとけるのは早いけれど、路地や裏通りはいつまでも雪が残っている。午前中に出かけるとなると、まだ凍結しているところもあって、あぶない。

二回目の大雪の翌日、私は午前中に用事があり、最寄りの駅まで歩いていた。いつもは路地を通りぬけて、近道をするのだが、今日は近道を通らないほうがいいかなと思いながら、路地をのぞいてみると、人がひとりやっと通れるくらいの、五十センチほどの幅に、きちんと雪かきがしてあった。でかけるといっても、私が家を出たのは十時ごろで、お勤めの人はもっと早い時間に出かける。そのために近所の人々が、一人だけ通れるだけの道を作っておいてくれたのだ。

「これはありがたい」

と思いながら歩いていると、向こうからも人がやってくる。そうなると若いほうが脇によけて、相手が通り過ぎるまで待っている。東京ではあまり、こういう経験はないので、面白いなあと思いながら、私はその道を歩いていた。四つ角のところで右や左を見てみると、そこにも人が一人通れる分だけ道が作ってある。きっとここに住んでいる人たちは、昔から大雪が降ると、このように人が通りやすいように、そうやってきたに違いない。路地という路地にたった一本だけ、細い道ができているのが、とても面白かった。

その日の帰り、また同じ道を通った。すると向こうから、猫がやって来るのが見えた。真っ白い猫である。猫も当然、私が歩いてくるのが見えているはずだ。道の横は雪が二十センチほど積もっている。猫の脚が全部埋まってしまうくらいの深さだ。

「あの猫、いったいどうするのかしら」

と思いながら、ゆっくり歩いていった。白猫も、とことこと歩いてくる。私と猫の距離は近づく。よけてやったほうがいいかしらと、ちらっと思ったが、猫がどういうふうな行動に出るかも楽しみだったので、そのまま歩いていくと、とうとう私と猫の距離が一メートルくらいになった。その猫は飼い猫で、茶色の首輪をしてもらっている。私の顔をじっと見上げている。

「どうしましょ」

そういっても猫はそのまま道に居座っている。

「早く通れば？」

そういって道の端に寄ってやると、猫は歩き始め、横を通るときに、

「ぐるるん」

とひと声鳴いて悠然と歩いていった。まさか猫とこんなことになるなんて、想像もしていなかった。

この様子では、他にも飼い猫が歩いているのではないかと、きょろきょろしてみたら、首輪をしている猫が、その路地の細い雪かき道を歩いているのが、二、三匹いた。人が来るとあわてて引き返すのもいれば、知らんぷりしている猫もいる。なかには屋根のない駐車場で、脚が全部雪に埋まったまま、呆然としている飼い猫もいた。寒いだろうから、早くでてくればいいのに、別にあせっているふうでもなく、

「これは、何だ」

というような顔で、ただ目を丸くして、周囲を眺めているのだった。

大雪が降ると、私は楽しくなるのだけど、こういうときにのら猫はどうしているのかなと思う。彼らは知恵があるから、うまくやっているのだろうが、これでまた寿命が縮まるのかもしれないと思ったりする。しかし私が知っている近所の猫たちは、それなりに雪が降っても幸せそうだったので、私はほっとしたのだった。

『脳内革命』を読んだ猫

ビーはどういうわけだか、いつも機嫌がいい。尻尾が下に垂れていることがない。ましてや股間に尻尾を巻き込むなどということもない。アリヅカさんやモリタさんに、

「何やってんの！」

と大声で叱られると、体を低くして耳をぺたんとさせるものの、その直後にはまた尻尾をぴんと立て、とことこと歩きはじめる。あまりにいつも上機嫌なので、いっときは、「『脳内革命』を読んだ猫」とも呼ばれていた。

「ほとんど物を考えていないから、いつもこんなに楽しくいられるんじゃないの」

といわれながら、ビーの尻尾はぴんぴんと立っていた。ところがこんないつもお気楽で上機嫌なビーに、あるとき試練がおとずれたのである。

メキシコ人のオーロラさんという女性が、来日することになった。彼女は二十代後半で、ニューヨークでアート関係の仕事をしている。ガラス工芸作家の作品を扱ってくれる店舗、ギャラリーを探しに、来日したのである。アリヅカさんもモリタさんも過去に一度あったことはある。前回、来日したときに、年下の友人であるAさんが、二人に紹介したのだ。Aさんは英語が堪能で、彼女と一緒にいても会話には不自由しない。オーロラさんはフリーランスで仕事をはじめたばかりで、成立す

るかしないかわからない仕事を抱えているし、東京での一週間のホテル代はばかにならない。本来ならばAさんの家に泊まるのがいちばんよかったのだろうが、それが無理だということで、モリタさんが、

「じゃあ、うちを使えば」

と部屋を提供すると申し出た。そしてその間、モリタさんは都内にある実家に帰るというのであった。

「彼女は日本語ができないし、私は英語ができないし、お互いに気を遣うよりも、若い者にまかせようと思って」

モリタさんがいない間、その女性とAさんが住むのだという。

「いろいろと大変なことだ」

と思いながらも、私はその間、ビーを預かることになった。

モリタさんは実家に帰る前、ビーにちゃんと説明をした。

「明日から外国人のお姉さんと、前に会ったことがあるAさんが来るから、ビーもちゃんといい子でいなきゃだめよ」

ビーはわかってるんだかわかってないんだか、モリタさんに抱っこされているのがうれしくて、ごろごろと喉を鳴らしていた。

私の家にトイレと餌、水入れが運ばれると、ビーはモリタさんが泊まりで出かけるの

がわかるらしく、おとなしくしている。留守の間も自宅が気になるので、隣とうちとを行ったり来たりしながら、飼い主が帰ってくるのを待っている。もちろんモリタさんがいない間、部屋には誰もいない。昼間、ビーが自由に行き来できるように、朝、起きると預かっている合鍵でモリタさん宅のベランダに面した戸を開け、夕方になると閉めるのが日課になっていた。そうするとビーは昼間、自宅でもうちでも、好きな場所で寝られるからである。

翌日、オーロラさんとAさんがやってきた。私たちは香水の類をつけないのだが、彼女たちはそれが習慣になっている。モリタさんの部屋の前を通ると、ほんの少し開いている洗面所の窓からでも、二人の香水の香りが漂ってくるので、

「こんなに香りってするものなんだ」

と私は改めて思ったりした。

びっくりしたのはビーである。最初はベランダから聞こえてくる英語を聞いて、耳がレーダーのように動いていたが、そのうちにそろりそろりと体を低くして、様子をうかがいに行こうとした。

「ほら、ビーちゃん。お母さんにいわれたでしょ。今日からオーロラさんと、Aさんが泊まりに来るって。ご挨拶しておいで」

ビーは私の顔をじーっと見上げている。そしてまた、そろりそろりと一歩ずつベラン

ダの境の壁に近づいていった。ところがその壁の下の隙間の前でうずくまり、自分の家に戻ろうとしないのである。

「どうしたの、平気よ」

そういっても亀さん状態になっている。そこへアリヅカさんの声がした。二人が気になってやってきたのだろう。英語がとびかうなかで、彼女の声が聞こえてほっとしたのか、ビーはそろりそろりと壁の下をくぐっていった。

「あっ、ビーだ」

アリヅカさんの声がした。キャットという声もした。ところがアリヅカさんがいたというのに、ビーはすごい勢いでうちに戻ってきた。そして私の足元に駆け寄り、顔を見上げて、

「うわあ、うわあ」

と興奮して鳴くのであった。

「外国人のお姉さんがいたでしょう。ビーちゃんのこと、きっとかわいがってくれるから、ご挨拶しておいでよ。大丈夫だよ」

そういうと、ビーは後ろ足で立ち上がり、前足を曲げた、抱っこお願い体勢に入った。

「わかった、わかった」

抱っこしてやると、ふだんはごろごろと喉を鳴らすのに、

「うわあ、うわあ」

　とまだ興奮している。

「これから一週間、二人はお隣にいるんだからね。お母さんはその後に帰ってくるから、ちょっとの間、待っていようね」

　ビーは、呼吸がちょっと荒く、

「うにゃ、うにゃあ」

　とぶつぶつと何事かいっていた。

「ほら、今だったらアリヅカさんもいるんだから、大丈夫でしょ。行っておいで」

　そういって床の上に降ろしても、ビーは私の足元にまとわりついて、ぐずぐずしている。人の好き嫌いが激しい猫だし、初日はびっくりしても、そのうち慣れるのではないかと、放っておいた。ふと見ると、やはり気になるのか、壁の下で亀さんになっていて、目はじーっと隣の様子をうかがっている。

「まあ、何とかなるさ」

　私は抱っこしてくれといわれたら抱っこしてやり、紐をくわえてくれれば紐で遊んでやり、なるべく淋しくないようにしてやった。

　次の日、朝起きるとすぐビーは、

「にゃあ、にゃあ」

とベランダの戸を開けてくれと催促した。

「はい、はい、わかりましたよ」

開けてやるとビーは一直線に壁の下に走っていった。そしてまた亀さんである。

「ちょっと、あんた、もう亀さんはやめたら」

話しかけているというのに、ビーはこちらのほうを見ようともしない。声が聞こえているので、きっと二人とも起きて、今日、これからの打ち合わせをしているのかもしれない。ビーの目は大きく見開かれ、微動だにしなかった。

「あの日本語ではない言葉を話している、いつも周りにはいないタイプの女の人は誰なのだ。そしてどうしてビーの家にいるのだ」

そういうふうにビーは思ったのかもしれない。とにかく、目の大きさはふだんの倍くらいになっていた。

十五分ほど亀さんになったあと、ビーは、

「うにゃっ、うにゃっ」

と鋭く鳴きながら、駆け寄ってきた。そして、

「どうしたの」

といった私に、

「わあお、わあお」

と必死に訴える。

「ビーちゃん、心配しなくても大丈夫だから、ねっ、ちょっと行ってきてごらん」

そういって抱っこしても、すぐ体を揺すって床に降り、

「うわあ、うわあ」

と鳴いて落ち着きがない。

「大丈夫だから。お母さんはあと五日寝たら帰ってくるから」

といっても、いらついているようで、なだめてもだめだった。そして私の履いているウールのスリッパを両前足で抱え、横になって噛みつくわ、後ろ足ではキックするわ、手がつけられなくなっていた。私は足元で怒りを爆発させているビーにむかって、

「わかった、わかった、気分が治まるまでやってくれ」

といった。しばらくビーは、スリッパに噛みつきキック攻撃をしていたが、ぷいっと立ち上がり、部屋の中をまたいらついたように歩きまわっていた。

二人が出かけた気配がしたので、私はそーっとベランダから隣をのぞいてみた。するとベランダに面した戸がぴったりと閉まっていた。モリタさんが、

「ビーが出入りするから、朝、出かけるときにはベランダに面した戸を、ストッパーをつけて少しあけておいて」

といってくれたはずだったが、二人は不用心になるのを恐れて、戸を閉めていったら

しい。私は合鍵は持っているが、二人が泊まっているところに入り込んでいって、戸を開けるのは憚られた。

二人がいるときは部屋には近付こうとはしないが、いないときには自分の家に入りたい。猫は好奇心が強いし、探検が大好きだから、いないときに二人の荷物などの匂いをふんふんと嗅いだり、いつもモリタさんと一緒に寝ているベッドで寝たいのだろう。しかしそれが戸を閉められていては何もできないのだ。ビーはたーっと走っていき、ぴったり閉じられた戸を前足で引っかき、必死に開けようとしていた。何度も何度も部屋の中をのぞいている。そして開かないとわかったとたん、自分の家のベランダをものすごい勢いで走り回り、

「わあお、わあお」

と鳴いた。そして次には別の戸のところに走っていき、戸を開けようとしていた。

「ビーちゃん、戸は開いてないから、戻っておいで。おばちゃんちにいなさい」

そういうとビーはものすごい勢いで戻ってきて、

「うにゃお、うにゃお」

と必死の形相で訴えた。ひどく興奮している。ビーを抱き上げ、

「お母さんが帰ってくるまで、戸は開かないから、だから少しの間、我慢しようね。おばちゃんのところで、おとなしくしていようね」

といっても、興奮していて全く話を聞こうとしない。ただただ怒り、いらついていたのである。

ビーのいらつきは治まらなかった。ふだんは時折、室内を走り回ることはあっても、あとはのんびり私の膝の上に乗ってうつらうつらしたり、座布団の上で丸くなったりしていた。ところがそのときは、

「ここにおいで」

と呼んでも、落ち着きなく部屋の中を歩きまわり、じっとしていない。そしてまた、たーっと壁の下に走っていって、亀さんになるという具合であった。亀さんになってから部屋に戻ってくると、ビーの怒りはより倍増していた。

「これで憂さ晴らしをして」

私は、そういってウールのスリッパを目の前に置いてやった。するとそれにとびつき、昨日と同じように、前足でがしっと抱え込んで、嚙みつきキック攻撃を繰り返していた。私はそれをソファに座ってじーっと見ていた。しばらくするとビーは、ちょっと気が収まったのか、私のところにすり寄ってきた。

「お母さんは帰ってくるんだから、ちょっとだけ我慢しようね。我慢できるね」

ビーは喉を鳴らすこともなく、私の膝の上に乗って目を閉じた。

夜、モリタさんから電話があった。

「ごめんね。迷惑かけて」

彼女はひどく恐縮しているようだった。

「大丈夫よ。ただビーが亀さんみたいになっちゃって。どういうわけか、ウールのスリッパを怒りの標的にして、噛んだりキックしたりしているのよ」

笑いながらそういっても、

「ごめんね。あらー、どうしましょ」

と彼女は恐縮し続けていた。

「お母さんが、ビーちゃん、いい子でいて下さいっていってたよ」

そういうとビーは、じーっと私の顔を見ていた。

私のほうは何とかモリタさんが帰ってくるまでに、ビーの気分が落ち着くようにと願うだけであった。明らかに興奮していて落ち着きがない。これまで私は何度もビーを預かってきた。十日以上、預かったこともある。それでもこんなことはなかった。私はどうしてビーがこうなったかと考えた。私に預けられたということは、モリタさんがいなくなるということだ。そうなると部屋の中には誰もいないはずだ。ところが今回は、見知らぬ外国人の女性と、顔には見覚えのある若い女性がいる。それがビーの頭を混乱させたのだ。

三日目の朝、ビーはとことこと玄関に歩いていって、抱っこをせがんだ。私はビーを抱っこし、ドアを開けて外廊下に出た。

「ビーちゃん、ほら、お花が咲いてるねえ。雀も飛んでるねえ」

そういいながらモリタさんの部屋の前にさしかかると、ビーはふいに私の手から廊下に飛び降りた。そして、外廊下に面した、モリタさんが納戸として使っている部屋の窓に向かって、

「おわあ、おわあ」

と鳴いた。そして次に後ろ足で立ち上がり、壁に両前足をついて、また窓に向かって鳴きはじめた。何の返事もないのにあきらめたのか、今度はビーは玄関先に置いてある、陶製の傘立てに前足をかけ、そして中をのぞき込みながら、

「おわあ、おわあ」

と鳴いた。

「お母さんは、そんなところにはいないよ」

そういうとビーは抱っこをせがむことなく、自分で歩いて私の部屋に戻った。ビーは部屋に戻ると、ふてくされたのか座布団の上に横になった。私はビーの体をさすりながら、

「もうちょっとの我慢だから」

というと、

「にゃっ」

上半身を上げて怒った。触られるのも腹が立つらしい。

「はいはい、わかりました」

私はビーの目の前にウールのスリッパを置いて図書館に出かけた。

夕方、帰ると、モリタさんとばったりドアの前で出くわした。

「どうしたの？　予定が早まったの？」

「ううん、掃除に来たの」

彼女はそういった。今朝のビーの行動を話すと、

「ああ、あそこの納戸の窓から、いつも抱っこして外を見せていたから」

といった。ビーはそのことを覚えていて、モリタさんが納戸にいるのではないかと、外から呼んでみたに違いない。しかし傘立ての中をのぞきこんだ理由はわからなかった。

「でもねえ、さっき掃除してたら、ひょこひょこやってきたけど、私の顔を見て、なんだ、いたのかっていうような感じで、またすぐ壁の下をくぐって、あなたの部屋に戻っていっちゃったわよ」

モリタさんはそういった。

「きっと、すねてるんだわ」

私はうなずいた。

「そうかなあ」

「きっと、そうよ」

うれしいけれど、ぱっと飛びついていけない何かが、ビーなりにあったのだろう。

六日目の朝、オーロラさんとAさんは出ていった。

「ビーちゃん、自分の家に帰れるよ」

そういってもビーの反応はない。亀さんになって相変わらず、隣の様子を窺っているだけである。夕方になってモリタさんが、

「本当にすみませんでした」

といって、ビーのトイレと御飯を引き取りにきた。

「スリッパ、大丈夫？」

「平気、平気、何ともないから」

モリタさんがいないときは、あれだけ大騒ぎをしたのに、ビーは抱っこされ、淡々と家に帰っていった。

次の日の朝、いつものように、ビーがやってきて、私の顔を見上げて、

「んにゃ」

と鳴いた。私はびっくりした。ここ四、五日の顔と違って、とってもおだやかな優しい顔をしていたからである。

「ビーちゃん、辛かったんだねえ」

ビーはごろごろと喉を鳴らして、抱っこお願い状態になった。猫には人間の事情がよくわからない。きっと今度のことはビーの人生において、とってもショックな出来事のビッグ3には入ったに違いない。

「たまにはこういうショックもないとね。甘やかされた生活をしてると、すぐぼけるから」

後日、モリタさんにそういわれたビーは、ちょっと迷惑そうな顔をして、聞こえないふりをしていたのだった。

猫、中年に至れば

中年になると、体の部品のあちらこちらがガタついてくるが、それは動物も同じようだ。今は犬でも猫でも、獣医さんにこまめに通って、体重がオーバーするとダイエット食のアドバイスをしてもらったり、検査を受けたりする。人間なみのケアをしてもらっているようなのである。

先日、アメリカで放送されたニュース番組を見ていたら、獣医さんにダイエットの指示を受けている犬猫が出ていた。一緒に飼われている他の犬は、家の犬用の出口の穴から出ていけるのに、その犬は途中でひっかかってしまう。そうすると、穴にはまったまま、

「わんわん」

と鳴きたてる。犬も猫もぶよぶよで、

「これは、ちょっと」

といいたくなる体型だった。

獣医さんのもとでダイエットをしている犬猫を見ると、まるで人間と同じだった。あらゆる栄養価の高いペットフードが出てきて、肥満しやすくなっている。ちょっと太ると運動するのが面倒になる。でも餌はたんまり食べる。また動かなくなる。悪循環である。犬猫は自分ではコントロールできないから、飼い主がしてやるしかないのだが、訴える目つきをされたり、甘えられたりすると、ついつい餌をやってしまう。犬や猫を肥満させるのは、飼い主の怠慢ではないかという気もするのだ。

実家で猫を飼っているときは、獣医さんに連れていった覚えはない。だいたいのら育ちなので、獣医さんに連れていこうにも、つかまらなかったし、母が、

「雑種は丈夫だから平気よ」

などとわけのわからないことをいって、獣医さんという存在など頭になかったこともある。母は絶対にうちのトラ一族は病気になんかならないと信じきっているようだった。母がいっていた通り、猫たちは風邪をひいたりすることはあったが、大病はしなかった。もしかしたら年に何度か、定期検診を受けたりすれば、もっと長生きしたのかもしれないが、そういう発想を全くしなかったのである。

「のら猫は病院にも行かないで、それなりに過ごしているんだから」

というのが母のいい分であった。今から二十年以上前には、よっぽど体調が悪くない限り、犬や猫を獣医さんに見せる家はなかったような気がする。私の周囲にも動物を飼っている人はたくさんいたが、ダイエットのアドバイスを受けている犬猫なんていなかった。

「太ってるねえ」

「うん、ばくばく食べるよ」

それで終わりだった。太っているといってもころころ程度で、ぶくぶくはいなかったし、犬猫も飼い主も、それなりに幸せそうだった。

具合が悪いときに、トラ一族は物を食べずに、じっと寝ていた。こちらができることは、猫ベッドを寝やすいように整えてやり、眠れるような環境を作ってやるのと、

「ちゃんと寝て、早くよくなるんだよ」

と声をかけてやることしかできなかった。心配なのはやまやまだが、猫の治癒力に頼るしかない。こんこんと寝ているのを見て、

「このまま死んでしまうのでは」

と心配になったこともある。しかし二、三日たつと、けろっとした顔で起きあがり、餌をちょうだいと、

「にゃあにゃあ」

と鳴いた。大好物を作ってやると、むさぼって食べた。

「ああ、よかった」

だいたいこんな調子だった。

テレビのペット番組を見ていると、体の具合が悪い猫が登場する。胃、気管支、腎臓、肺、交通事故など、人間と同じである。そういう猫の姿を見ると、

「飼い主も猫も大変だなあ」

と思う。他人事ながら胸が痛む。獣医さんの手で何とか元気になってほしいと願うばかりである。

飼い主が、

「これは変だ」

と驚くような、体調の変化がうちのトラには起こらなかった。もしも手におえないとわかったら、どんなに暴れても、母も私も急いで獣医さんに連れていったことだろう。生まれつき体の弱い猫もいる。不運にも事故に遭う猫もいる。精密検査を受けたら、元気そうに見えるトラにも、病気が見つかったかもしれないが、暴れまわるトラをつかまえて、そこまではやらなかったのである。

猫を飼っている若い夫婦がいた。その猫は奥さんが結婚前から飼っていて、結婚をするときに一緒にやってきた。夫のほうも猫をかわいがっていたのだが、猫が難病にかか

っているのがわかった。治療をするとなると、月に何十万円も必要だといわれて、夫婦は打ちひしがれてしまったのである。奥さんは自分の貯金をはたいて、猫の治療代にあてた。しかし何カ月かで底をついてしまった。もちろん猫の命を助けてやりたい。しかし若いサラリーマンの夫婦には、とても負担の多い金額だった。奥さんのほうは必死で、

「何とかして」

と夫に頼んだが、ひと月の治療費は夫婦が飲まず食わずでも払えない金額で、二人は途方に暮れているのだった。

二人の心情を考えると、何ともいえなくなった。自分たちがやってやらないと、猫は死んでしまう。しかし現実には飼い主には精神的な負担と、経済的な負担がかかる。お気の毒としかいいようがない。それ以後のことは聞いていないが、二人ができる範囲内で、必死に面倒を見たのならば、猫は喜んでくれると思う。お金がなかったから、命が救えなかったと考えるのは、あまりに辛いと思うのだ。

「病弱な動物を飼うと、大変なのよね。保険がきかないから」

といった友だちもいた。彼女は道でうずくまっていた猫を獣医さんに連れていき、元気になるまで面倒を見ていた。猫の治療代は夫の小遣いをあてた。彼も動物が好きで、猫の体を気にかけていたが、日がたつにつれて、

「早くよくなれ」

と猫を励ます声に力が入ってきた。猫が元気になってくれないので、小遣いは目減りする一方だった。しかしその猫は体力がなくなっていたらしく、命に別状はないけれど、治るまでに時間がかかるといわれた。すると彼は、

「よくなーる、早くよくなーる。あっという間によくなーる」

と寝ている猫の耳元で暗示をかけようとする始末で、妻に、

「何、やってんのよ。静かに寝てるのに」

と猫から引き離されたりした。無事、その猫は完治し、飼い猫ではなくのらの道を選んで、家を出ていった。夫婦は、

「ああ、よかった」

と、胸をなで下ろしたが、妻と夫の考えは微妙にずれていたと思う。

言葉が話せない犬猫の病気を治す獣医さんは大変な仕事だ。しかし人間のお医者さんと同じで、なるべくなら厄介にはなりたくないものである。ビーは年に一回、ワクチンを打ちに病院に行く。それを飼い主のモリタさんから聞いたとき、私は、そんなことをしたこともなかったうちのトラたちは、本当にのら育ちだったのだなと呆れた。ビーは病院に行ったときは逃げもせず、ただ診察台でじーっと固まっているだけだという。なかには診察室の中を飛びまわって暴れる猫もいるらしいが、ビーはただ石のように固まっているだけなのである。

一昨年、ビーがぼわーっと口を開けたときに、奥に虫歯があるように見えた。私が、

「虫歯があるようだけど」

とモリタさんに話すと、

「今度ワクチンを打ちに行くときに、診てもらうわ」

といった。それは虫歯ではなく、歯石だったらしく、これまで一度も歯石を取っていなかったビーは、

「この際だから、取りましょう」

と先生に歯石を取ってもらうことになった。私は動物の歯石を取るときも麻酔を打つなんて知らなかった。ワクチンを打つついでに、歯石も取ってもらったビーは、ワクチンと麻酔のダブルパンチを受けてしまったのである。

夕方、家に帰ると隣から変な鳴き声が聞こえてきた。お腹の底からうなるような、不愉快そうな声である。しばらくすると、よたよたとビーが姿を現した。まだ腰が立たずに、前に行こうとすると、体がぐらっと後ろに倒れそうになる。自分の体が思い通りに動かないのがもどかしいらしく、

「うわーお、うわあーお」

とすさまじい声を上げ続けている。まるで、

「恨んでるぞー」

といっているような声で、こちらの気分も暗くなった。

「ビーちゃん、おいで」

抱っこしようとしても、私をにらんで逃げようとする。前足を見ると、血がにじんでいるのだ。

「もう大丈夫だから、ほら、おいで」

そういっても私の手をすり抜け、ビーは不愉快そうによたよたと部屋の中を歩いていた。

ビーを獣医さんに連れていったアリヅカさんとモリタさんは、

「歯石を取っておきますので、あとでまた来てください」

といわれたので、近所で時間をつぶしていた。ころあいを見計らって病院に戻ったら、ゲージの中で前足の爪を噛み、血だらけになったビーが、うらめしそうに二人を見ていたのである。ビーは気が小さく、麻酔から覚めたとき、周囲に知った人が誰もいないうえに、ゲージにいれられているのがわかって、ストレスが高まり、限度を越えて血が出るまで噛んでしまったのであった。

私たちはものすごく不機嫌なよたよた歩きのビーを見ながら、

「何だかすごいことになっちゃったねえ」

とつぶやいた。ビーのうなり声は止まない。アリヅカさんが、

「ずっとこのままだったら……」

とビーを指差した。

「そうなったら私が飼う」

思わず私はいってしまった。気軽に、

「虫歯があるみたい」

といってしまったから、こんなことになってしまった。万が一のことがあったら、私の責任だ。

「大丈夫。麻酔がきれたら、元に戻るでしょ」

アリヅカさんはそういったが、私はもしかしたら、ビーは一生、このままかもしれないと思った。ビーは相変わらず、ぜんまいじかけの安いおもちゃみたいに、ぎくしゃくした動きで、うなり続けていた。

翌日、ベランダの戸を開けると、ビーがやってきた。動きは元に戻っていたが、鳴きすぎたので、声はがらがらだった。

「よかったねえ」

と声をかけると、森進一ばりのハスキーな声で、

「うわあ、うわあ」

と怒っていた。モリタさんは、

「もう二度と歯石なんか取らないわ」

とつぶやいていた。

そして去年は、近所の病院でワクチンの接種を受けた。そのとき、

「血液検査もしましょうか」

といわれ、本当はする気がなかったのに、ついつい、モリタさんはうなずいてしまった。ワクチンを打たれ、血を抜かれたビーは、その日、ものすごく怒っていた。何を話しかけても、

「うぎゃっ」

と、鋭く鳴いて、目がつり上がっていた。

二、三日たって、ばったりアリヅカさんとモリタさんに会ったら、何だか二人とも暗い。

「どうしたの」

「それが……」

アリヅカさんの話によると、外から留守番電話を聞いたら、

「ビーちゃんの検査の結果のことで、ちょっとお話したいことがありますから、ご連絡下さい」

と獣医さんから伝言が入っていたというのである。毎日の世話はモリタさんに託され

てはいるが、親権はまだアリヅカさんにあることになっているので、彼女のところに連絡が入ったのだ。

「何もなければ、そういういい方はしないと思うの。きっと結果が悪かったんだ」

心配になったアリヅカさんはモリタさんを誘い、二人で晩御飯を食べながら、暗くなってしまったというのである。

たしかにそういういい方は気になる。何かあるんじゃないかと思わせる。もしも私が電話をした立場だったら、

「別に異状はありませんでしたが、お話したいこともあるので」

というだろう。ということはやはり異状があったということなのだろうか。私たちはビーを真ん中に置いて、じーっと姿を見ていた。三人が揃って、自分のことを見ているので、ビーは尻尾をぴんぴんに立てて、鼻の穴をふくらませ、上機嫌だった。

「御飯も食べてるし、お尻もきれいだし、とても病気には見えないけど」

私がそういうと、アリヅカさんは、

「でも、猫エイズは外からじゃわからないし。キャリアかも。そうだわ、きっとビーは猫エイズのキャリアなのよ」

と心配そうにいった。

「うーん」

自分のことが話題になっているのがわかっているビーは、耳をレーダーみたいに動かして話を聞いていた。後ろ側にいる私の声を聞くときには、耳が後ろ向きにつんつんと立ち、まるでつけ耳みたいになっている。私たちは、

「わあ、耳が変だあ」

ビーを指さしながら、力なく笑った。

「ビーちゃん、気持ち悪くないの?」

「どこか痛くない?」

「お腹の具合はどう?」

私たちは口々にビーに声をかけてみたが、ビーはうれしそうに、ごろごろと喉をならしているだけだった。

「結果を聞く勇気がないわ」

アリヅカさんがいった。モリタさんは、

「うーん」

とうなっている。この中で猫との別れを経験しているのは私だけである。飼い主は結果を聞くことは辛いだろう。ビーをかわいがってはいるけれど、しょせん、私は隣のおばさんだ。飼い主とは違う。私が獣医さんのところに電話をかけることになった。

「結果は必ず教えてね」

二人はすまなそうな顔をした。

「わかった」

私は翌朝、電話をかけた。

そうはいっても、いざ、電話をかけるとなると、心臓がどきどきして、水を一杯飲んだ。病院に電話をすると、先生が穏やかな声で出てきて、

「ビーちゃんの結果ですが、ちょっと肝臓の数値が高いですね。でもこれは年齢的なものだと思います。シャム猫はもともと腎臓が弱いこともあるので、これからはシニア用の餌に替えたほうがいいと思います。サンプルがありますから、またいらして下さい」

といった。

「病気じゃないんですね」

と何度も念を押し、そうではないとわかって、本当にほっとした。話したいことというのは、餌のことだったのである。

すぐ二人に報告すると、

「ああ、よかった」

といいながらも、

「それならそうと、留守番電話に吹き込んでくれればいいのに」

とちょっと怒っていた。きっと獣医さんは、手短に用件だけを吹き込んだのだろうが、

こちらは結果がわかるまで、ものすごく心配だった。

「こんな思いをするなんて、二度と血液検査もしないわ」

モリタさんはきっぱりといった。ビーがテーブルの上に乗ろうとすると、

「だめ！」

とお尻を叩いた。結果がわかるまでの半日は優しくしてやったが、何ともないとわかれば関係ない。怒られたビーは、

「どうして」

というような顔で目を丸くしていた。

飼っている動物の具合が悪くなると、本当に心配だ。すべてを知っておきたいが、知るのは怖い。ビーの周辺にいる私たちは、みんな定期検診だとかそういう事が大嫌いだ。だからビーもワクチンは接種するが、それ以外のことには大ざっぱである。たしかに体調は心配だが、数値で一喜一憂するのもどうかと思われる。

「わかった？　二度と検査はしないから、そのつもりであんたも余生を過ごしてちょうだいよ。死んだら死んだで、寿命だと思うことにするから」

モリタさんがそういうと、一時は重病説も流れたビーは、いつものように鼻の穴をふくらませ、尻尾をびんびんと立てて、歩いていたのであった。

人が好き、男の人は特に好き

ビーは臆病なくせに、人が好きだ。でも好き嫌いは激しいわがまま猫だ。人なつっこい猫だと、こちらが呼べば初対面でも寄ってきたりするけれど、ビーの場合はじっと様子をうかがっている。そしてそろりそろりと近付いていく。そこで相手がずんずん近付いてくると、あわてて逃げてしまう。とにかく自分のペースでやりたい猫なのである。声の大きな人が苦手だということは、前にも書いた。むこうはビーのことをかわいがってくれるのに、すぐ逃げる。人は好きだけどすぐすり寄らない。ちょっと気になる人にさえ慎重なのだから、嫌いな人だと飛んで逃げてしまうのである。

仕事をする前、午前中に外廊下でビーと遊んでいると、ガスの検針の女性がやってくることがある。そのときやってきたのは、三十歳前の眼鏡をかけた若い女性であった。彼女は廊下で遊んでいるビーの姿を見るなり、

「わあ、かわいい」

と叫んで、走り寄ってきた。ビーはあわてて私にとびつき、肩に必死の形相でしがみついている。心臓もどきどきしている。全く背後を見ようともせず、とにかく彼女を無視しようとしているのだった。

「かわいい、かわいい」

彼女はビーに触ろうとする。しかしビーはものすごくあせった顔をして、その場から逃れようと私の手から飛び出し、とうとう家の中に逃げ帰ってしまったのである。

「あ、逃げちゃった……」

彼女はがっかりしたようにいった。

「きっとその機械の音がしたから、びっくりしたんだと思いますよ」

そういうと彼女は、

「そうですね、怖かったんですね」

と検針を終えて、帰っていった。

傷つけるからいわなかったが、ビーが彼女のことを嫌っているのはひと目でわかった。

ビーは、

「ああ、やだーん、かわいー、きゃー」

といいながら、あごの下で両手を組んで、身をよじるようなタイプの女性は大嫌いで

ある。こういうタイプは、ぬいぐるみなどを見たときも、一瞬、目が点になり、一直線に進んでいき、

「いやーん、かわいいー」

といいながら、抱きしめて身をよじる。まさにビーをみたときの目は、そういうあやしげな目つきだったのだ。それをすばやく察知したビーは、あわてて逃げたのである。

家の中に逃げたビーは、ベッドルームのベッドの陰にへたりこんで、様子をうかがっていた。

「もう、帰ったから大丈夫。びっくりしたねえ」

そういうとビーはごろごろと喉をならしながら起きあがり、私の脚に何度も体をこすりつけた。

「かわいいっていってくれてるんだから、少しは愛想をしたっていいじゃない。お姉さん、がっかりしてたよ」

そういうとビーはまだ遊び足りないのか、とことこ玄関まで歩いていき、ドアを開けてくれと鳴いた。ドアを開けてやると、いつもはぱっと飛び出すのに、その日はそーっと首を出し、誰もいないか確認してから、尻尾を立てて外廊下を歩きはじめた。

それから二カ月ほどして、また外廊下で遊んでいると、ガスの検針の女性がやってきた。この間の人とは違って、五十代くらいの細身の女性であった。品のいい優しい感じ

の人だ。彼女はビーを見て、

「まあ、きれいな猫ですねえ」

といった。するとビーは前の人のときは血相を変えて逃げたのに、今回は逃げようともしない。それどころか、近寄っていって、じーっと顔を見上げている。彼女は、

「あら、こんなにじーっと見て。目が青くてきれいなのねえ。おとなしくてかわいいわねえ」

と声をかけてくれた。するとビーは尻尾をぴんぴんに立てて、彼女のあとをついて歩くのであった。

検針も終わり、

「さようなら」

とビーに手を振って彼女は帰っていった。するとビーは気にいった人にしかしない、お見送りまでしたのである。

「あんたは女の人の好き嫌いには、年齢は関係ないのね。それはとってもいいことだぞ」


抱っこしながらそういうと、わかっているのかいないのか、ビーは鼻の穴をふくらまして上機嫌であった。前に来た人は若くて元気はいいが、がさつだった。今度の人は年配ではあるが、おとなしくてきれいな人だった。猫の目には人間がどう映るのかはわか

らないが、ビーの人に対する態度は、本当にはっきりしているのだ。女性の好みは激しいが、ビーは男の人のほうがずっと好きだ。男性のほうが許容範囲がずっと広い。モリタさんの家に知り合いの男性がきて、みんなで話をしたときも、ビーは彼があぐらをかいた上に、べったりと座り込み幸せそうな顔をしていた。ところが彼が、

「ニューヨークに住んでいる、知り合いの日本人夫婦の男のほうが、精神状態がおかしくなっちゃって」

と話しはじめた。新天地を求めて、夫婦はニューヨークにやってきたのだが、奥さんは土地になじんだものの、夫のほうはそうはいかなかった。奥さんには友だちもできたが、夫は奥さんにくっついていくことしかしない。そのうち夫のほうは社交的な奥さんに対して、

「浮気をしているだろう」

と疑いを持ち、毎日、大喧嘩をしていた。そして怒りが爆発した夫は、奥さんがかわいがっていた猫を、アパートの窓から放り投げてしまったというのである。

「ひどいわねえ」

私たちがそういうと、あれだけ気持ちよさそうにしていたビーが、ふっと立ち上がり、ベッドルームに姿を消した。それを見た彼は、

「猫って、ああなんだよ」

という。

「猫がひどい目にあった話を聞いて、とても嫌な感じがしたんじゃないか」

彼がそういうと、アリヅカさんは、

「ビーがそんなことまでわかるわけないわよ。なーんにも考えてないんだから。ただ眠くなっただけよ」

と笑った。しかし、眠いのだったら、あれだけべったりしているのだから、そのまま寝入ってもいいはずだ。私があぐらをかいている膝の上で、真横になって寝てしまうこともある。それなのに急に姿を消してしまうというのは、

「何か嫌だな」

と思っていたような気がする。そしてそれからは、別に彼が猫を放り投げたわけではないのに、前のようにべったりとしなくなった。もしかしたらビーが聞き間違えて、彼がやったと勘違いしているのかもしれないが、とにかくビーのなかでは彼は、今まで好きだったのに、ちょっと要注意の人になったようなのである。

ビーはアパートの外廊下を掃除してくれる業者のおじさんも好きだ。六十歳くらいの感じのいい人で、ていねいに掃除をしてくれる。彼が掃除をはじめると、ビーは外廊下で遊ぶことが出来ない。最初は、ちょっとドアを開けて、

「ほら、石鹸がたくさんついているから、外に出ると足が濡れるよ」

と外の様子を見せると、しぶしぶ部屋の中に戻っていたのだが、おじさんの顔を一度見たら、外に出してくれというようになった。それも足が濡れるので、私に抱っこされてである。

「面倒くさいから、やだ」

と無視していると、後ろ足で立って、前足で服をつかんで、

「あーあーあ」

と鳴く。それでも知らんぷりをしていると、

「んにゃっ」

と鳴いてジャンプをし、肩にしがみつく始末であった。こうなるとどうやっても肩から降りない。仕方なく外廊下に出て、一生懸命に掃除をしてくれているおじさんに、

「こんにちは。お世話になります」

と頭を下げると、ビーは丸い目を見開いて、彼の顔をじーっと眺めている。

「どうも、こんにちは」

と挨拶したおじさんは、ビーを見て、

「これはシャム猫ですか」

と聞いた。注目してもらったビーは私に抱っこされたまま、また上機嫌である。

「ええ、そうみたいです。お隣の猫なんですけどね」

私が、毎日ベランダを歩いて、この猫が遊びにくるという話をすると、

「そうですか」

と彼は笑っていた。ビーは鼻をひくひくさせながら、上半身をぐいーっとおじさんのほうに向けて、興味津々である。しかし彼は一階から三階まで、掃除をしなければならない。猫一匹にかまっているわけにはいかないのである。邪魔をしてもいけないので、

「失礼します」

といって部屋に戻ろうとすると、ビーが体を揺すって、下に降りたがる。下に降ろしてやると、そろりそろりとおじさんのところに近寄っていき、お座りして作業をじーっと眺めているのである。

「かわいいですね」

そういわれるとビーは、これ以上広がらないというくらいに鼻の穴をおっぴろげて、満足そうに部屋に戻ってくるのだ。

ビーは女性に誉められるよりも、男性に誉められるほうがうれしいらしい。ふごふごいう音と、鼻の穴の開き具合が違うのである。私の家にやってくる若い男性は、宅配便のお兄さんくらいしかいないが、それでもビーは喜んでいる。今のところ、四人来ているが、ビーはどのお兄さんも好きだ。オートロックのチャイムが鳴ると、ビーはぱっと

インターホンのほうを見る。私がオートロックの施錠を解くと、私が玄関に行く前にさっさと玄関に行き、ドアの前にお座りして待っている。チャイムがなると、お兄さんが来るのが、わかっているのである。

玄関のドアを開け、荷物の受け取り印を押している間、ごろごろいいながら、お兄ちゃんに愛想をふりまく。しかし彼らは忙しく、ビーにかまっている暇はない。すると帰っていくお兄ちゃんのあとを、とことこと追いかけていって、じーっと後ろ姿を眺めたりしているのだ。

あるとき、ビーを一階の中庭のところで、遊ばせていて、部屋に戻ろうとしたとき、隣のモリタさんの家に荷物を届けにきた宅配便のお兄さんと、エレベーターの中で一緒になった。抱っこしていたのだが、ビーはお兄さんと一緒になって、うれしくてたまらないらしく、ごろごろといいながら、青い目をぱっちり見開いて、うっとりとお兄さんの顔を見上げている。茶髪の彼は、

「かわいいなあ。本当にかわいい顔をしてますね」

といいながら、ビーの頭を撫で、喉もさすってくれた。私はこんなに幸せそうなビーの顔を見たことがなかった。目を細め、

「ああ、もう、本当にうれしい！」

といいたげに、体がぐにゃっとしている。私の肩にしがみつくこともなく、お兄さん

に、

「抱っこして」

と前足を伸ばしてしまうのではないかというくらいの態度だったのである。

お兄さんの後について降りると、ビーは上半身を伸ばし、彼の匂いを嗅ごうとする。

「お荷物です」

といっている彼の後ろから、ビーを抱っこしたまま、

「猫も一緒に配達でーす」

というと、モリタさんは、

「猫はいりませーん」

といいながら笑った。ビーは丸い目を見開いたまま、うれしそうにお兄さんに愛想をふりまいていた。

それから二、三日して、どうしてビーはこんなに男の人が好きなんだろうかと、モリタさんと話をしていたら、

「昨日は大変だったの」

という。モリタさんの友だちの若い女性が、おとちゃんという名前の猫を連れてきた。彼女は二匹の六歳の去勢した猫を飼っているのだが、最近、ちょっと折り合いが悪いので、半日、二匹を離してみたいというのであった。その猫はころころと太っていて、と

ってもかわいい顔の、おっとりした猫である。アメリカンショートヘアで、まるでぬいぐるみたいなのである。猫が嫌いなビーだが、おとちゃんのことは大好きで、ごろごろと喉を鳴らしながら仲よくしていた。そのたびモリタさんは、

「そうそう。あんたは猫なんだから、こういう人と仲よくするのよ」

と話しかけた。おとちゃんは数少ない、ビーの猫のお友だちだったのだ。ところが久しぶりに会うと、前は仲がいいという感じだったのに、今回は仲がいいというよりも、ビーが無理やり、おとちゃんにへばりついていたという。

「とにかく、しつこいったらないのよ。嫌がっているのにしつこくしつこく後をくっついていくもんだから、大変な騒ぎだった」

モリタさんはいった。大好きなお友だちが来て興奮したビーは、有頂天でおとちゃんの後をついてまわった。最初は遊んでいたが、だんだん彼のほうは眠くなり、落ち着けるところで昼寝をしようとしているのに、ビーは離してくれない。鼻の穴を広げ、ごろごろいいながら体を密着させる。おとちゃんが嫌がって、走って逃げても、後を追いかけていって離れない。モリタさんが、

「おとちゃんは昼寝。あんたも寝なさい」

と、おとちゃんだけベッドルームにいれてドアを閉めようとすると、ビーは部屋の中

に滑り込もうとする。それを阻止して、モリタさんはおとちゃんが寝られるように時間を作ってやった。

三時間ほどしてドアを開けてみると、おとちゃんも目を覚ました。もちろん、ビーは待ってましたとおとちゃんに突進した。最初は懐かしくて、匂いを嗅ぎあっていた二匹であったが、おとちゃんはビーの相手をするのが面倒くさくなったらしく、知らんぷりをしていた。一方、ビーのほうは、おとちゃんへの思いがつのり、こんどはお尻の匂いをかぎまわって、また大騒動になったというのである。ビーはしつこくしつこく、おとちゃんのお尻の匂いをかぎまくる。おとちゃんのお尻とビーの鼻先に、まるで磁石がついているかのように、ビーがへばりつくのであった。おとちゃんのほうは、

「さっきかいだじゃないか」

といいたげに、尻尾を振って逃げようとするのだが、ビーはそれを許さない。おとちゃんが逃げる後を追いかけまくり、しまいには後ろから前足でタックルをして、抱きつくまでになってしまったというのである。もちろんおとちゃんは嫌がって、ばたばた暴れる。それをものともせずに、ビーはおとちゃんに抱きつき、うっとりして鼻の穴を広げていたというのである。

夜になって、友だちがおとちゃんを迎えに来た。おとちゃんは家に帰っていった。するとビーは部屋の中を嗅ぎまわりながら、

「おわあ、おわあ」

と大声で鳴き続けた。いくらモリタさんが、

「もうおとちゃんは家に帰ったの。ここにはいないのよ」

といっても、聞く耳は持たずといった様子で、ただただ、

「おわあ、おわあ」

と鳴き続ける。いいかげん、うんざりしたモリタさんが、

「勝手にしなさいよ。もう寝るからね」

といい渡し、ベッドに入ってからも、リビングで、

「おわあ、おわあ」

と朝まで鳴き続けていたというのだ。

「全然、眠れなかったわ。ビーはどうしてこうなのかしら」

モリタさんは怒っていた。そういえばビーは、今朝、うちに来たときに興奮していた。鼻息荒く、家の中を走り回り、

「にゃおにゃお」

と私にむかって、何やら話しかけていたのである。

「本当に男が好きなのねえ」

ビーはそういわれても、尻尾をびんびんと立てて、元気に部屋の中を歩き回っている。

そして相変わらず、宅配便のお兄さんがやってくると、玄関で待っていて、うれしそうに顔を見上げている。そんなとき、久々に日景忠男氏の姿をテレビで見た。モリタさんもそれを見ていて、

「懐かしかったわね」

と話した。ふと見ると、横にビーがいて、じーっと話を聞いている。私たちが思ったことは同じだった。これまでビーには、「こそドロ」「しっこ山さん」「抱っこ仮面」というあだ名がつけられていたが、最近では「日景のおじさん」というあだ名も加えられた。

「おじさーん、日景のおじさーん」

と呼ぶと、ビーはなぜだか、こそこそと小走りになり、聞こえないふりをするのである。

ヒモにまさる物はなし

ビーはおもちゃの中ではヒモ系が好きだ。猫じゃらしでもヒモの先に何かがついている物が好きなのだ。球が好き、ヒモが好き、両方が好きという猫がいるが、ビーはとにかくヒモ一途なのである。

いちばん最初にビーを預かったとき、ビーのヒモ好きを聞いていたので、デパートのペット用品売り場に行って、棒についたヒモの先におもちゃがついているものを買ってきた。ひとつだけ買って気に入らないと困るので、ふたつ買った。ひとつはヒモの先にふわふわした小さな毛玉が五つつながっている物。もうひとつは上下、左右が六センチほどの、ボクシンググローブがついた物である。グローブの中にはまたたびが入っているという。追いかけるだけではなく、後ろ足で立ち上がって、前足でこのグローブをネコパンチする姿を想像するとおかしく、こちらも楽しめそうだった。

「またたびも入っているから、ビーちゃんも遊びながらうっとり」

私はすぐ家に帰り、ビーの前で、

「ほれほれ」

とボクシンググローブを左右に動かした。ところが他の猫じゃらしだったらば、目の色がかわって獲物を狙う目になるのに、ビーの反応がおかしい。ぼーっと座ったまま、目の前でグローブが揺れると、とても迷惑そうなのである。

「どうしたの、ほれ、ほれ」

とビーの顔めがけて動かしてみたら、ずりずりと後ずさりをして、そのうちに逃げてしまったのである。

「あらー、どうして逃げるの」

グローブを揺らしながら追いかけると、振り返りながら逃げていく。どうやらヒモの先に付いている物が大きいと怖いらしいのである。次に毛玉のほうを動かしてみると、これは気に入ったらしく、面白いようにとびついてくる。いくらまたたびが中に入っているとはいえ、ビーは大きい猫じゃらしよりも、小さな物を好むことがわかったのである。

猫じゃらしが好きだといっても、売っているおもちゃもたくさん種類があるわけではない。ビーもすべてを喜ぶわけではなく、値段が高いか安いかというよりも、最低限の自分の好みをクリアしていれば、何でも喜ぶのである。たとえば荷物が着いて、かけてあるヒモをほどきはじめると、ビーは目を輝かせてヒモを見ている。そしてその一本を目の前に置いてやると、うれしそうにくわえてふりまわし、そのあと私の前に置いて、お座りをし、

「遊んで下さい。お願いします」

の態勢に入る。あまりヒモが長いと私も腕が疲れるので、一メートル前後の適当な長さに切り、端っこを片結びにすると、立派なビー用のおもちゃが出来上がる。これを作ったら最後、最低十分、ビーはこの遊びから解放してくれない。

「まだ、やるのか」

というくらい、しつこくしつこく遊ぶ。ドアの後ろに体を隠して飛びついてきたり、椅子の下に身を隠したり、それに得意の「ため」が加わるものだから、やたらと時間がかかるのである。ヒモでもあまりに軽い材質の物はふわふわしていて、具合がよくない。思い通りに動かないので私のほうが疲れてしまう。いちばんいいのは麻ヒモなのだが、届く荷物で麻ヒモが使われている物はまずないので、ヒモの撚りがきつい物を使って遊んでやっていた。

ところが次々に遊ぶヒモを作ってやったというのに、いざ遊ぼうと思って探すとない。ベランダにもない。どうしたのかとビーを見ていると、ヒモで遊ぶと、それをくわえて

自分の家に持って帰ることが判明したのである。隣のおばさんの家だけでなく、自宅でも遊んでもらいたいらしいのである。ビーの飼い主のモリタさんに聞いたら、

「そうなの。うちに何本もたまっちゃって。私、このところ腕が痛くてしようがないのよ。ヒモを動かし続けていると、ますます痛くなってくるし。遊んでやれないのに、たまっていくばかりなの」

という。

「おまけにビーは、ためが長いから面倒くさくなっちゃう」

ヒモを作ってやるとビーはそれを持って帰る。私はヒモがなくなると、家の中を見渡し、荷造り用や、編み物のときに使う編みだし糸を使って、遊び用のヒモを作る。そしてそれをビーは持って帰る。その繰り返しであった。かわいいビーであるが、私だっていつも遊びたいわけではない。面倒だなと思うことがある。ある夜、ビーが遊んでもらいたそうにすり寄ってきた。私は、

「あーあ、残念だなあ。ビーちゃん、ヒモをみんな自分の家に持っていったでしょう。だからおばちゃんの家にはなくなっちゃった。みーんなビーが持って帰っちゃったからね。残念だなあ。ヒモがあったら遊んであげるのにねえ」

といった。本当にうちにはヒモがなくなっていたのだ。そういわれたビーは姿を消した。そろそろ帰る時間でもあったし、あきらめて家に戻ったのだと思っていた。すると

十五分くらいして、ビーは戻ってきた。それも口にヒモをくわえてである。

「あら、持ってきたの」

ビーは私の目の前にヒモを置き、きちんとお座りをした、お願いします状態になっていた。ああいった手前、遊んでやらないわけにはいかなくなり、私は、

「まー、偉いわねえ。ちゃんとヒモを持ってきたのね」

と口では誉め、内心、

(やれやれ)

とため息をつきながら、仕方なく遊んでやった。ビーは目を輝かせ、ヒモを追いかけていた。

「十三歳にもなって、ヒモで遊んでるなんて、子供みたいね」

という人もいる。年齢からするとおじいちゃんであるが、ヒモ遊びをするときのビーは、年齢を感じさせないくらい、若々しい。ヒモがちょろっと動いたとたんに、体を低くして、目は鋭くヒモの動きを追っている。そして飛びつくのだが、ただ一直線に飛びつくのではなく、そのときにさまざまなビー自慢の動きが加わるのである。あるときはスライディングが入ったり、飛びついたあと、くるくるっと宙を舞うこともある。昔、「いなかっぺ大将」というマンガに、ニャンコ先生という名前の猫が出てきて、その猫の得意技は「キャット空中三回転」であった。ビーはニャンコ先生さながらに、とても

十三歳とは見えない敏捷さで、空中回転をしてみせるのだ。

「わあ、すごーい。ビーちゃん、かっこいいねえ」

誉めてやると、口にヒモをくわえたまま、鼻の穴をめいっぱい広げ、喉をごろごろと鳴らしている。もう大得意である。そしてくわえていたヒモを床に落とし、

「さあ、もう一度」

といいたげに、ヒモを持っている私を、じっと見上げているのだった。

ビーはヒモを追って部屋中をかけまわる。床の上だけを動かしても、つまらないだろうからと、空中にふわっと持ち上げると、ビーが宙を飛んでとびついてくる。まるでネコ釣りである。ものすごい勢いで部屋を飛び回るビーを見ていると、

「本当に十三歳なんだろうか」

と首をかしげたくなる。しかしそれが持続しないのがさすがに十三歳である。やっているうちに、さすがにだんだん疲れてくるらしく、動きが鈍くなる。目は相変わらず鋭いのだが、体が前に出てこなくなるのだ。

「ほれ、ほれ」

と目の前でヒモを動かしても、前足でちょいちょいと触って、ヒモを口に持っていくだけ。

「はい、ジャンプ」

といいながら、ヒモを空中に持ち上げても、目玉は動くが体は動かない。そして床にぺたりと寝て、

「もう十分遊びました」

というふうに、あくびをしたりするのである。この間は、遊んでいたのに、突然、私に走り寄って抱きついてきた。驚いて抱っこしてやると、心臓がどきどきしている。

「やだよ。ヒモ遊びをしていて、心臓発作なんかを起こしたら」

私が心配になってそういうと、ビーはじっとしがみついていた。いくらヒモ遊びが好きだからといっても限度がある。

「少し考えたほうがいいかもしれない」

それからはビーの様子を見ながら、ハードなことはさせないようにした。ジャンプ、空中回転の動作を誘発するようなヒモの動きを避け、床の上をちょろちょろと動かすだけにし、老人猫向きのヒモ遊びをしようと心がけたのである。

モリタさんは、ヒモ遊びにつきあう私に、

「悪いわねえ。面倒くさいでしょう」

といった。たしかに面倒くさいこともあるが、実はビーにはそういう運動が必要であった。ビーは獣医さんで血液検査をしてもらってから、カロリーが調整してあり、栄養配分が考えられている、シニア用の餌を食べるようになっていた。若い頃に食べていた

餌が嚙みにくくなったのか、たまに丸飲みして吐いたりしていた。もしかして病気ではと心配したが、体はとても元気で、走り回っている。

「そんなところに歳が出るのねえ」

私たちがビーを取り囲んで、そんな話をしていると、またビーは話題の中心になっているのがうれしいらしく、耳をレーダーのように動かして鼻の穴を広げていた。ところがシニア用に変えてからは、食欲も出て毎食喜んで食べているという。

「シニア用の餌も馬鹿にしたものじゃないのね。何でも同じかと思っていたけど、口に合ってるみたいなのよ。あんなに好き嫌いが激しかったのに」

モリタさんはペットフードのきめ細かい対応に感心していた。どういうふうに開発するのかは知らないが、むら食いで好き嫌いが激しく、気に入らない餌は絶対に食べなかったビーが、カリカリとおいしそうな音をたてて、食べるようになったのだ。

ところが問題が起こった。それまでビーの体重は、四・八キロで安定していた。それがシニア用に変えてから、食欲が出てきて、どんどん食べてしまい、あっという間に五・二キロになってしまったのである。

「この体で、四百グラムの体重増加っていうことは、相当、太ったっていうことよね」

モリタさんと私は、ころっとしてきたビーの体を見ながら、

「太ったわねえ」

とつぶやいた。抱っこをせがまれてビーを抱き上げるとき、重みがぐっと加わってい
たので、
「あんた、重くなったね」
とはいっていたのだが、こんなに増えているとは思っていなかったのである。シニア
用の餌はカロリーが控えめになっているはずなのだが、それで太ったのだから、
「倍は食べているかもしれない」
とモリタさんはいっていた。
「前はいつまでたっても、お皿にいれておいた餌が残っていたのに、最近は、こんなに
食べられないだろうって思うくらい、てんこ盛りにして出かけても、帰って来ると全部
なくなってるのよ。ひどいときなんか、餌を入れてある箱を開けて食べてたりするの」
モリタさんは呆れ顔だった。
「あーあ、こんなに太っちゃって。もうすぐ死ぬのに、太ることはないんだよ」
アリヅカさんがいうと、ビーはきっと彼女をにらみつけ、
「んにゃっ！」
と短く怒ったように鳴いて、モリタさんのベッドルームに消えていった。
私はビーの姿を見て、自分のことを思い出していた。三十歳くらいのころ、体重が気
になり出した私は、新発売されたカロリーが半分といううたい文句のマーガリンを買っ

てきて、毎朝、パンに塗って食べていた。ところがしばらくたって、体重を測った私はびっくりした。カロリー半分のはずなのに、しっかり太っていたからである。

「何でこういうことに……」

私は呆然とした。バターだとカロリーが気になるから、どっさりとつけるということはない。カロリー半分というバターという言葉に安心して、たっぷりと塗りたくったのがまずかったのである。それから私はパンを食べるときには、バター、マーガリンの類を塗るのはやめにした。カロリー半分とはいえ、倍以上食べたら、太るに決まっている。ビーを見てまるでそのときの自分と同じではないかと思ったのだ。

しかし人間と違うのは、ビーはダイエットをしないことである。お腹がいっぱいだと食べないが、食べたいときは思いっきり食べる。ダイエットという言葉はビーにはない。若い猫だったらば、運動量でカバーできるかもしれないが、十三歳となると、そうはいかない。こちらが遊んでやらないと、ただ床に寝そべっているだけの、座敷豚状態になってしまう。以前のビーに戻るように、なんとか無理なく運動をさせようと考えていた。

「はい」

モリタさんが私にちょっとふくらんだビニール袋をくれた。

「何なの、これ」

と、聞くと、彼女は笑っている。中を見るとたくさんのヒモが入っている。麻ヒモ、ビニールヒモなど、どれも見覚えがある物ばかりだった。

「掃除をしているときに、目につくと集めていたんだけど、ずいぶんたまっちゃって。またよろしくお願いします」

そういって頭を下げた。

「はい、わかりました」

私はヒモがたくさん入ったビニール袋を持って帰った。そしてビーが遊びに来たときに、

「ほら、お母さんからこんなにヒモをあずかってきたよ。みんなビーちゃんがうちから持っていったのばかりだよ」

といった。ビーは袋の中に頭をつっこみ、前足でヒモをかきだした。かきだしてもかきだしても次々に出てくるし、おまけに自分の匂いもついているものだから、ビーは喉をごろごろと鳴らして、上機嫌になっていた。そしてそのうちの一本をくわえて私の前に置き、いつもの、お願いします状態になった。

「ちょっとだけだよ」

そういいながらヒモを動かすと、もう目の色が変わり、体を低くしてヒモを目で追っている始末であった。

マンションの一階の庭に連れていくと、ビーは笹の葉を食べるようになった。今まで

はそんなことなどなかったのにである。薬局の前を通ると、「体にいい笹ヘルス」などという張り紙を見ることがあるが、猫の年寄りにも笹はいいのかもしれない。ビーは笹の葉をむしゃむしゃと食べる。

「ちゃんと嚙んで食べなさい」

といっているのに、次から次へと丸飲みにしてしまうものだから、家に戻ったあと、

「げーっ」

と吐いてしまうこともある。

「だから、ちゃんと嚙みなさいっていったでしょ」

後始末をしながら叱ると、また笹が食べたくなるのか、ドアの前で、

「おわあ、おわあ」

と外に出たいといって鳴く。

「ああ、面倒くさい」

そういいながらもビーの体が欲しているのならばと、またビーを連れて一階の庭まで降りていった。

ビーは今度は小さめの笹の葉を選んで食べていた。ちょっとは知恵もあるらしい。いくつか葉っぱを食べたあと、ビーは満足そうに舌をぺろぺろやっていた。

「もういいから、帰ろうね」

そういって庭を出ようとすると、二階に住んでいるご夫婦とばったり出くわしてしまった。奥さんに、

「いつだったか、このネコちゃんがものすごい勢いで三階から一階に階段を駆け降りるのを見たことがあるわ」

といわれてしまった。

「えっ、そうなんですか」

ビーを見ると、知らんぷりである。

「かわいいわねえ」

奥さんはビーの頭を撫でてくれた。そして何気なく胴体に目をやったとたん、

「あーら、おでぶちゃん」

とつぶやいた。

「このごろ、たくさん餌を食べて太っちゃって……」

しどろもどろに説明すると、奥さんはくすくす笑った。この話をモリタさんにすると、

「笹の葉を食べるなんて、食べ過ぎて胸やけしてるんじゃないかしら。おでぶちゃんなんていわれちゃって。どうしましょ」

とビーの顔を見ながらいった。

「おでぶちゃーん」

私もそう呼んでみた。ところがビーは「しっこ山さん」のように、いわれている意味がわからないらしく、ヒモをくわえてきて、それを足元に置き、精一杯かわいい顔をして、鼻の穴を広げているのであった。

猫には猫のジンセイが

隣町の広い道路沿いに、猫だまりがある。裏手には大きな公園もあり、のら猫たちにはとても居心地がよさそうである。そこでは餌ももらえ、置いてあるいくつかの器はいつも空になっている。そしてきれいに掃除されていて、食べ物が散らかっていることはない。ぶち系、トラ系などの何家族かが生活していて、仲良く餌を分けあっているらしいのだ。

そこにいる猫たちは、いくら話しかけても、絶対に、

「にゃー」

と鳴かない。ある本を読んだら、人間が声をかけて、

「にゃー」

と返事をする猫は、一度は人間に飼われたことがあり、生まれながらののら猫は、鳴

くことがないと書いてあった。いくら話しかけても、絶対に鳴かない猫もいれば、愛想よく、にゃーにゃー鳴くのもいる。こういう違いがあったのかと、私は深く納得したのである。

猫だまりの猫は、話しかけてもただじーっとしているだけ。そこにあるベンチに座ったホームレスの男性が、御飯を分けてやっているときは、四方八方から、尻尾をぴんと立てて、わらわらと集まってきていたが、餌をくれる様子もない私には、愛想をふりまいてもしょうがないと思っていたのだろう。その男性に対しては、足元にすり寄り、膝に乗らんばかりにして、ねだっていた。その他にも、二、三人の男性や女性が餌を置いているのを見たし、掃除をしているのも見た。なるべく周囲に迷惑がかからないように気を遣っているのだ。

猫だまりの近くに、ちょうど袋小路になっている場所がある。人の出入りはほとんどないし、車も通らない。そこにも器が置いてあるところを見ると、ここでものらたちは御飯にありつけるようである。ある日、いつもの猫だまりに猫が一匹もいなかったので、私は何だかつまらなくなって、袋小路をのぞいてみた。足を踏み入れて逃げられると悲しいので、ちょっと道路からのぞいてみるだけだ。

「猫はいるかしら」

と思いながら、そこに行ってみたら、いるわいるわ、ざっと見て、十匹以上が集まっていた。それも母子で集まっていたのである。

数匹の仔猫がひとかたまりになって、じゃれ合っている。そこから少し離れたところで、のんびりと横になりながら、母猫が三匹固まっている。仔猫たちは仔猫同士で遊ぶのに飽きると、今度は母猫のところにたーっと走っていって、とびつく。すると母猫は尻尾で遊ばせたりして、のどかな光景が繰り広げられていたのであった。

人間には公園デビューというのがあるそうだ。同じ年頃の子供を持った若い母親が自然に集まって、話をしたり情報交換の場になっている。それが楽しみでもあり、みんなとうまくやっていけるかどうか心配になったり、また先にいたお母さんたちとうまくいかずにいじめられたりして、ノイローゼになるお母さんもいると聞く。私が見た光景は、お母さんへも仔猫へもいじめがない、平和な猫の姿だった。仔猫たちは安心しきって遊んでいる。母猫は三匹が仲よく寄り添い、幸せという雰囲気が漂っていた。

猫の母親同士が話し合って袋小路に連れてきたのか、それとも偶然、仔猫を遊ばせるんだったら、あそこが安全だとみんなが思って、そこでかち合ってしまったのかはわからない。が、そこでちゃんと仔猫に社会というものを学ばせている。他のところの仔猫と遊び、じゃれさせる。母猫の教育はちゃんとなされているのであった。私はしばらく、その光景が頭から離れなかった。いまだにそのときのことを思い出すと、ほっぺたがゆるむ。どの猫も元気に大きくなってほしいと思うばかりである。

そしてまた別の日、袋小路をのぞくと、また別の光景が繰り広げられていた。そこにいたのは、三匹のオス猫だった。生粋のら猫らしく、毛もばりばりで汚れ具合も気合いが入っている。よく見ると、器に餌がてんこ盛りになっていて、餌をもらったばかりらしい。普通は、餌を中心に、猫が放射状になって食べるのではないかと思っていたが、何とその猫たちは、一列にきちんと並んで、餌の順番を待っていたのである。最初に餌を食べていたのは、黒地の多い黒ぶちの体の大きな猫だった。大きな口を開けて、がつがつという感じで、餌をむさぼっている。そしてその黒ぶちから、三十センチほど離れて、きちんとお座りしているのが、茶トラだった。茶トラは黒ぶちのことを気にしたり、背後からのぞきこんだりなどということはせず、ただじっと黒ぶちの背中を見ながら、座っている。そして茶トラの後ろにいるのが、白地の多い白ぶちだった。白もあたりを気にすることもなく、じっと茶トラの背中を見て、きちんとお座りしている。三匹の猫はちゃんと三十センチの距離を保って、順番を待っているのであった。

私は思わず笑ってしまった。声をたてて驚かしてはいけないので、ぐっと我慢をしたが、あんなに面白い光景には出くわしたことがない。きっと三匹のなかの力関係で、食べる順番は決まっているのだろう。となると、他の二匹から餌を譲ってもらった黒ぶちは、このあたりのボスということになるのだろうか。サルでも何でもボスはいちばん強いというのはわかるが、後ろの二匹がよくおとなしく並んでいると私は感心した。順位が決まっているんだったら、わざわざちゃんと一列に並ばなくても、近所の塀の上とか、階段の下とかで待機していればいいのに、まるで配給をもらうようにおとなしく並んでいるのが、とてもかわいかった。こういう決定的瞬間が見られるから、猫だまり巡りはやめられないのだ。

「きたな通り」猫たちもみな元気である。世話係のおじいちゃん、おばあちゃん、最近では息子さんも姿を見せて、猫たちに餌をふるまっている。

「いつも大変ですねえ」

おばあちゃんに声をかけたら、

「ええ、まあ、でもねえ、こうやって来てくれるからねえ」

と目を細めている。猫たちを見てみると、数が増えている。あのちゃっかりした、赤い首輪の飼い猫のほくろちゃんも参加していた。あれだけのら猫に嫌がられていたが、どうやら参加を認めてもらったらしい。

「前よりも数が増えてませんか」

「そうなんですよ。なんだか飼い猫も二、三匹、来るようになっちゃって。どこで聞いたのか知らないけど。そしてあっちにいる、お腹が白くて、灰色と白の縞のがいるでしょう。あの子はあそこのお宅で飼われていたんですよ」

と通りの端っこにある家を指さした。

「あそこのお宅には、おじいちゃんとおばあちゃんが住んでいて、あの子をまるで孫みたいにかわいがっていたの。でもこの間、おばあちゃんが亡くなられたら、すぐおじいちゃんも後を追うように亡くなられてね。猫が残されちゃったんですよ。息子さんがいらしたんですけど、猫は嫌いだっていって、『申し訳ありませんが、お宅で面倒を見てもらえませんか』っていって、うちに預けていったのね。それはよかったんだけど、かわいがられていたもんだから、あの子は白身のお刺身しか食べないの。赤身はだめなのよ。だから、私たちは食べなくても、あの子だけには毎日、白身のお刺身を買うの。特別扱いなのよ。お金がかかって困っちゃうわ」

そういっておばあちゃんは笑っていた。その猫は自分用の刺身を平らげ、満足そうに前足で顔をなでまわしていた。

「のらだけじゃなくて、飼い猫もいるから大変ですよねえ」

「自分の家でも食べられるのにね。そんなによその家でも食べていたら、どんどん太ると思うんだけど。のらと同じくらい食べるのよ」

おばあちゃんは、けらけらと笑っていて、全然気にしていないようだった。

餌をもらっている猫たちは、ただただ餌に神経を集中している。散歩をしている犬が通っても、全く気にしない。ただ餌を食べ続けるだけである。そしてそれを見た近所の飼い猫がうろちょろしている。とても気になるらしくて、塀の上から見下ろして、そっと様子をうかがっているのがわかる。食べ物は豊富にあるから、食べ物をめぐって致命的なダメージを与えるような喧嘩にはならない。ただ、好奇心が強いから、

「どんな物を食べているのか」

と知りたかったのに違いない。そしていい匂いがして、自分がもらっているよりもいい餌だと判断したら、ちゃっかりと末席についてしまうかもしれない。そういう調子のよさも猫にはある。

「ご苦労さまです」

頭を下げて帰ろうとすると、おばあちゃんは、

「いいえ。どういたしまして、のんびりやってます」

といった。おじいちゃんもおばあちゃんも、毎日、猫の姿を見るのが、楽しくて仕方がないのだろう。

「きたな通り」は相変わらずにぎやかだが、「きれい通り」は最近、閑散としている。美人娘猫を追い出したトリオイちゃんが、避妊手術をしたせいか、ますます太りはじめ、楚々としていた以前からは想像できない姿になっていた。

「人間でもよくいるわよね、こういう女の人。若い頃は虫も殺さないような清純そうな顔をしているけど、ものすごく意地悪なの。若い頃って、腹黒いのも外見だけじゃわからないのよね。それが歳をとるごとに、内面がどんどん顔に出てきて、見る影もなく醜

くなっていく。あのトリオイちゃんは典型的なそういうタイプよ」

「猫だっていろいろな性格の子がいるからね。自分は新参者なんだから、一歩身をひくとかすればいいのに」

「そうそう。追い出すことはないのよね。うまーくやっていく子だっているよ」

「あの美人猫たちは、性格もよかったからねえ」

「トリオイちゃんは、今が天下なのよ。女王さまみたいにふるまってるんじゃないの。夜、あそこを通ると、どでっと横になっているもの」

「やだねえ、ああはなりたくないもんだ」

私たちの間では、「きれい通り」はひどく不評である。トリオイちゃんに追い払われ、他に猫がいなくなったこともある。頭のよかったボス猫、チャーちゃんの姿を見ることもない。すでに「きれい通り」は、名ばかりの通りになってしまったのである。

「きれい通り」がだめになった一方、台頭してきたのが、「妊娠通り」である。この「妊娠通り」の猫たちを支えているのが小さなアパートに住んでいる人々である。なぜ「妊娠通り」というかというと、ここの猫たちは暇さえあれば妊娠しているからである。

「きれい通り」の猫たちに避妊手術をしたため、メスの機能を持つメスがほとんど周辺にはいなくなった。「きれい通り」にメスが健在だったときには、ぼろぼろのオス猫でさえ通りを渡ってやってきていた。ところが突然、メスがいなくなった。当然のごとく、オスは困る。そこへこのアパートにメスののら猫が出入りするようになった。待ってましたとばかりにオス猫の攻撃に遭い、子供ができてしまった。アリヅカさん、モリタさん、私は、

「あーあ、今度はこっちか。大変なことになるなあ」

といっていた。案の定、大変なことになっていたのである。ところが動物は環境に合わせて頭数の帳尻を合わせるのか、かわいそうに何匹かは交通事故で亡くなってしまった。とても元気のいい猫ばかりで、車の量が多いのに、ぱっと飛び出すものだから、

「あれではいつか車に轢かれてしまう」

と気が気じゃなかったが、そのとおりになってしまったのだ。そのたびにアパートに住んでいる人たちが、遺体を片づけ、供養してやっているようだった。そこで生まれている仔猫たちはとっても顔だちがよく、愛想もよく、かわいい子たちばかりだ。餌をもらったのか、舌をぺろぺろしながら階段を降りてくる姿を何度も見たし、半ドア状態になっているところから、三、四匹が出入りしている姿を見たこともある。あるときは、一階に住んでいる若夫婦のご主人のほうが、外で大工仕事をしていたとき、猫三匹が彼を取り囲んで座り、顔を見上げて、

「にゃあにゃあ」

と鳴いていた。通る人が、

「まあ、どうしたのかしら」

とくすくす笑うので、彼はとても恥ずかしそうにしながら、

「静かに、静かに」

といっていたりしていた。そこへ周辺のオス猫が集中したのである。

つい二カ月ほど前、アパートから大きなお腹をして猫が出てきた。

「ああ、また生まれるんだ」

複雑な気持ちでいたところ、つい数日前、アパートの前を通ったら、いちばん奥からひょいっと顔を出した仔猫と目が合った。せいぜいひと月といったところだろうか。あのときの猫が産んだのだ。その母猫のほうは餌をたくさんもらって、上機嫌のようだった。

「メスにコルク栓をはめたとしても、きっと妊娠するだろうしなあ」

私は下らないことを考えながら、なるべく猫の数が増えないことを願った。仔猫の姿を見るのはかわいいし、心がほのぼのするが、現実問題としてはそうばかりもいっていられない。事故に遭ったり病気になる猫も増えるし、そこが辛いところだ。うちの近所の猫地図は、相対的にバランスをとっているようだ。「きれい通り」でメスがいなくなると、「妊娠通り」のメスが生まれる。許容量を越えると、かわいそうだが事故の犠牲になる。相談したわけでもないのに、うまくいっているといえば、いっているのである。

「きたな通り」を歩いていても、出くわすことができなかったきたなマスクに、久しぶりに出会った。場所は「きたな通り」の一本、駅寄りの路地だった。

「久しぶりだねえ。元気だったか」

きたなマスクは塀に沿って、とことこと歩いていた。私が声をかけると、はたと立ち止まり、顔を見上げて、一瞬、

「あ」

というような素振りはみせたが、何もいわずに、またとことこ歩きはじめた。相変わらず汚れていて、もさっとした雰囲気はそのままだった。

「御飯はちゃんと食べてるのか。具合は悪くないのか」

私が何をいっても、それには何もこたえず、角の大きな家の庭に、入っていってしまった。逃げるふうでもなく、ただ淡々としているのが、きたなマスクらしかった。

モリタさんに、

「今日の昼間、きたなマスクに会ったよ」

といったら、

「本当？　元気にしてたんだ。会いたいなあ」

といっていた。

「相変わらず汚くて、淡々としてた」

様子を報告すると、

「そうなのよ。あの淡々としたところがいいのよね。ちょっと気にはなるけど、ま、いいかっていうような姿がね」

モリタさんはビーを抱きながら、うれしそうだった。

「ビーちゃん、きたなマスクも元気だって。よかったね。あんただけだよ。男の子のお尻を追いかけてのんびり暮らしているのは」

ビーは得意の聞こえないふりをしていた。また食欲が増してきたビーは、ころころに太ってきて、モリタさんは抱っこをしていても、

「ああ、重い」

といってすぐ降ろしてしまう。

「ビーちゃんは幸せだよね」

「本当ね。かわいがってもらえて、御飯も太るほど食べられるし」

モリタさんは、

「きたなマスクはああいう性格だから、絶対、子孫なんか残せないわね。きっとあの子は、そういうことにも奥手で、『あれ、何だか変だな』って思っているうちにさかりがきて、『どうしようかなあ。メスはどこにいるのかなあ』って思っているうちに、他のオスに横取りされちゃって、結局、何もしないで一生を終わるっていう感じがするわ」

私たちはきたなマスクの人生ならぬ、猫生について語り合った。もしも隣町の猫だまりにいたら、また「妊娠通り」に突入させたらどうか。

「でも、やっぱりあの子は、『きたな通り』あたりで、うろうろしているのが、いちばん似合っているような気がする」

「そうだね。やっぱりそれがいちばんね」

私たちは、現実に生きている猫たちにとってはそれがいいのか悪いのかわからないが、その猫にふさわしい場所に生まれ、ふさわしい場所で成長し、そしてふさわしい場所で死んでいく。それは人間と同じであろうと、しみじみと話したのである。

キャットフードはシニア用

「ビーは本当に物を食べないのよ。何をやってもだめなの」

モリタさんは一時、私と顔を合わせれば嘆いていた。

「見て、これ」

床に置かれた箱のなかには、缶詰やドライフードの袋が山のように入っている。

「何とか食べさせようとして、目につく物を買っているんだけど、お皿に入れてやっても、ふんふん匂いをかぐだけで食べないのよ。たまに食べてるから、ああ、これで食べてくれると思うでしょ。でも二回目はだめなの。もう嫌になっちゃう」

自分にとって不利なことが話されていると察知したビーは、我関せずといった顔で、とことこ歩いていく。

「ちょっと、あんたのことで困ってるのよ。わかってるの？ いったいどうするの、このまま食べないで飢え死にする気？」

　ビーは耳だけはこちらに向けていたが、相変わらず知らんぷりであった。

　最近はたくさんのキャットフードが売られている。缶詰は山のようにあるし、ドライフードの箱も、ずらりと並んでいる。特に缶詰の贅沢さには驚くばかりである。かつお、まぐろ、ねこまんま、ほたて、鶏ささみ、サーモン、海草、野菜、レバー、しらす、アジ、牛肉など、至れり尽くせりである。なかには「猫王者」「猫公爵」などというすごいネーミングの商品まであったりして、

「そりゃあ猫はかわいいけど、ここまでやる必要があるのか」

　と驚いた。

「本当に贅沢になっちゃって」

　モリタさんがため息をつくのがわかるくらい、豊富に商品はあるのである。

　ビーは小さなころは、アリヅカさんが作った、鶏のささみをゆでてほんの一滴、醬油をたらしたものが好きで食べていた。あとはドライフードだけである。猫の食事の好みは仔猫のときに決まってしまうらしく、ビーはドライフードだけしか口にしなくなったのだ。それも一種類をずっと食べ続けるのではなく、すぐに飽きてしまう。

「せめてひと箱は食べてほしいのよ。小さい箱を買っているのに……」

　箱の中にはビーがちょっとだけ食べて、飽きてしまったドライフードが詰まっている。

「でもお腹がすいたら、食べるでしょう」

そういってもモリタさんは首を横に振る。

「がんこなのよ。自分の勝手で食べないくせに、何かくれって、わあわあくっついて歩いて鳴くのよ。トイレまでくっついてきて鳴くんだから。御飯はあるから、あれを食べなさいって怒っても、ずーっと鳴いてるの。そして台所をうろうろしたり、箱の中を漁ったりするのよ。信じられない」

家に大量にストックしてあるキャットフードを食べないのだから、モリタさんだってお手上げだ。

「何も食べないから、しょうがないからおかかをやると、それぱっかり山のように食べるの。体によくないからやりすぎるといけないんだけど」

そういいながらも、ビーがかわいいモリタさんは、あまりに食べないのを心配して、ロースハムを買ってきてやったり、じゃこをやってみたり、とにかく食べさせようとしていた。新製品のドライフードが発売されたと聞けば、すぐ買ってきてビーにやる。これなら食べるかと期待していると、匂いをかいだだけで食べない。

「もう、がっくり」

とモリタさんがいいたくなるのも、十分わかる状態だった。そうはいっても、わがままなビーも何も食べないで生きていけるわけがない。朝はこっちのドライフード、夜はこのドライフードと、ちょこ食いでしばらくの間、過ごしていたのであった。

ところがあるときから、ビーが食べた物を吐くようになった。食べた物が消化されずに、丸ごと出てきている。猫はよく吐くけれど、たびたびだとやはり心配になる。その前に餌を食べなかったこともあり、モリタさんは、

「どこか悪いのかしら」

と心配していた。吐いたあと元気がないとよくないらしいが、ビーは吐いたあとも元気いっぱいで、ヒモを見ると目の色が変わり、尻尾を振ってとびついてくる。

「病気じゃなさそうだけどねえ」

モリタさんと私は、食べ物の選り好みが激しく、まるで王様のように君臨し、そして吐くビーを見ては、首をかしげていたのである。

ああだこうだと話をした結果、ビーは年寄りだし、ドライフードでは硬すぎるのではないかという結論に達した。そこでまたモリタさんは、自転車であちらこちらを回り、やっと半生タイプの餌を見つけて買ってきたのであった。そんなモリタさんや私を見て、元飼い主のアリヅカさんは、

「あなたたち、甘やかしすぎよ。食べるまで放っておけばいいのよ。あの年寄り猫に向ける愛情の一割でもいいから、どうしてこの私に向けてくれないの」

という。

「ビーはかわいいもん」

同時に私とモリタさんが口を開くと、彼女は、

「まあ、やだ」

とぷいっと横を向いた。

「誰がこんな猫にしたのかしらねえ」

つぶやいたのはモリタさんである。

「えっ、だって、この子、小さいときは何でも喜んで食べてたわよ」

「そんなことないわ。ドライフードだけでしょう」

「ドライフードだけだって十分でしょ」

「それが今はドライフードだって選り好みするのよ」

「それはしょうがないんじゃない。私の責任じゃないわよ」

「だいたいねえ、おしっこのしつけだって、ちゃんと叱らないから、未だにすっとばすのよ」

「私が飼っていたときは、そんなことなかったもん」

「あったわよ。私、あなたがビーのおしっこを踏んづけたの何度も見たわよ」

「あら、じゃあ、ビーがおしっこを飛ばすのも私のせいだっていうの？」

「だから、昔から全然、直ってないっていうことよ」

元飼い主と現在の飼い主は、じーっと見合ったまま黙った。その横を、ビーが知らんぷりして通り過ぎようとした瞬間、アリヅカさんの雷が落ちた。

「あんた、何様だと思ってるの。どうしてちゃんと御飯を食べないの。そんなことをやってると、あんたの食べる御飯はなくなるんだよ」

ビーは一瞬、びくっとしたが、アリヅカさんのほうを振り返り、

「にゃあにゃあにゃあ」

ときつい口調で何事か訴え、たーっとモリタさんのベッドルームに入っていってしまった。

頼みの綱は、ビーが半生タイプの餌を食べ続けてくれるかどうかだった。まるで拝むようにして、

「食べて、食べて」

といっていたのが通じたのか、ビーはこの半生の餌が気に入って、何カ月も食べ続けた。固くないのがいいのか、吐くこともなくなり、食欲も出てきた。

「ああ、よかった」

モリタさんが胸をなで下ろしていた矢先、何とその輸入品の半生タイプの餌が製造中止になってしまったのであった。

「がーん」

私とモリタさんは呆然とした。もうこれでこの世の中には、ビーの食べる餌がなくなったのも同然だった。

「どうしよう」

缶の中にはあと半分くらいしか餌が入っていない。実は翌日から、モリタさんは仕事で家を空けるので、一週間、私がビーを預かることになっていたのだ。

「どうしたらいいですかって、ペットショップで聞いたら、『ドライフードをお湯でふやかしてやってみて下さい』っていわれたんだけど」

という。

「じゃあ、そのようにやってみるわ」

私はそういって、ビーを預かった。一日二日はまだいいが、それから先の餌のめどはついていない。ためしにドライフードをふやかしてやってみたが、ビーは関心すら示そうとしなかった。私も納得した。とにかくドライフードをふやかすと、妙な匂いがただよい、いかにもまずそうな代物になるからだった。私は電車に乗って、十五分くらいの距離にあるペットショップをあらいだし、電話をかけて、

「半生タイプの餌はありませんか」

と聞きまくった。八店のうち二店が国産の半生タイプを扱っているということだったので、買いに行ってみた。

店員さんに聞いてみると、その店で扱っている半生タイプは一種類しかなく、これをイヤがるようならやはりドライフードをお湯でふやかして与えるしかないという。別の店へ行ってみたら、その店と同じ商品しか扱っていなかった。

「これしかなかったよ、ビーちゃん」

そういいながら国産の袋を開けると、ビーは寄ってきて匂いはかいでいたが、

「ふん」

とそっぽを向いた。そのかわり、缶詰を開けてやったら、場所が変わると気分が変わるのか、小さな缶の半分だけ食べた。

「缶詰でも食べてくれたら……」

と思って、翌日もやってみたら、もう食べようとはしなかったのである。

預かった半生を食べ終わり、ビーの餌は綱渡り状態になった。これまでビーが食べ残してきた、ドライフードを小皿に分けていれ、それぞれをお湯でふやかして、どれが好きかを調べてみた。どれも駄目だった。買ってきた半生タイプを、しぶしぶという感じで食べていて、ふやかした物よりも、まだこっちのほうがましなようだった。

「ビーちゃん、困ったねえ」

抱っこして話しかけると、ビーはごろごろいいながら、鼻の穴を広げている。まさに飼い主の心、猫知らずという感じである。でもこれだけ喜んでいるところをみると、こ

ちらが思っているほど、餌によるダメージがないのかもしれないと思ったりした。ビーは食べる物にがつがつしていない猫だ。普通は餌に異常な興味を示すはずだが、ビーは違う。私たちが目の前で食事をしていても、全く関心を持たない。並べられているお皿にちょっかいを出すこともないし、匂いもかがない。ましてや手を出すなんてことは、絶対にしないのである。うちで飼っていた猫たちはのらあがりだったので、人が食べる物に手を出さないようにしつけるのは大変だった。それから比べれば、ビーのほうが格段に品がいい。そういう話をモリタさんにしたことがあったが、

「何でも食べてくれるほうが安心よ。ビーみたいにすぐ飽きたりされると、本当に困るんだから」

といった。何でも漁って食べるのも困るが、選り好みが激しすぎるのもまた困るというのはもっともだった。

ビーを預かっている間、ふやかしたドライフードはやめて、ビーの気のすすまない半生タイプをやり続けた。最初はしぶしぶ食べていたが、そのうち食べなくなり、

「わあわあ」

と私の顔を見上げてしつこく鳴くようになった。

「いくら鳴いたって、何も食べないじゃないの。食べるんだったら、いくらでも出してあげるよ」

そういってもビーはまるで私の言葉をさえぎるように、

「わあわあ」

といつまでも鳴き立てたのだった。

ビーが私の背後でわあわあ鳴くのを聞きながら、製造中止になった半生タイプの輸入元へ電話をかけた。お客様係のとても感じのいい男性が出てきた。

「製造中止だということなのですが、また売り出される予定はないのですか。飼っている猫があれしか食べないのですが」

と聞くと、彼がいうには、こちらが聞いた話だと、製造元の会社の機械が破損してしまい、それが直り次第、また売り出すということだった。

モリタさんが帰ってきて、その話をしたのだが、

「そんなことって、あるのかしら」

と二人で首をかしげた。

「もしかしたら、検査で体によくないものがみつかって、それで製造を中止したっていうこともありうるわよね」

機械の破損よりも、私たちの推理のほうが当たっているような気がしたが、どちらにせよ、ビーの食べられる餌が、気に入らないながらも一種類しかないということには変わりはなかった。

私もどこか出かけると、ペットショップで半生タイプの餌を探した。しかしあるのは同じ物ばかりである。

「いい方法はないかしら」

と思いながら、隣町を歩いていると、鮨店の裏口に、白い猫が座って何かを食べていた。この猫は昼過ぎにいつもここでお昼御飯をもらっている、鮨店の特約猫なのである。たまにおでこにピンクのハートを描かれたり、背中に渦巻きを描かれたりしているのだが、いつの間にかきれいに洗い落としてもらっている。まあ、幸せなのらなのである。どんなものをもらっているのかと、そーっとのぞいてみたら、ものすごく豪勢だった。発泡スチロールの白い大きな蓋の上に、まぐろの赤身、焼いたあなご、卵焼き、ホタテ、アジ、おかか、ホタテのひもが、別々に盛られている。

「あら、すごいわねえ」

猫は必死にまぐろを食べていた。私が近寄っていることなど、気にもしていないようだった。

近くの書店に寄り、買い物をしてまたその鮨店の前を通ると、猫はもらった昼御飯のほとんどを食べていた。あんなにたくさんあったのに、跡形もない。残っているのは、蓋のちょうど角に置いてあった、ホタテのひもだけだった。私はそばに立って見ていた。猫はそーっと前足をのばし、おそるおそる指の間をうまく使って、ホタテのひもをすく

い上げた。どうするのかと見ていると、猫はすくったひもを鼻の先に持ってきて、

「ふんふん」

と匂いをかいだあと、素早く首を横に振った。そして指の間にホタテのひもをぶら下げたまま、盛ってあった場所に戻し、怒ったようにぐいっと押しつけた。そしてすたすたと去っていってしまったのである。

私はあっけにとられ、そしてにやにや笑いながら家に帰った。あの猫にとっては、ホタテのひもはわけのわからぬ不思議な物だったのに違いない。最後の最後まで無視していたが、多少のチャレンジ精神で、

「ちょっと触ってみっか」

という気にはなったが、匂いを嗅いだらいただけない。食べられないとわかったら、そこにホタテのひもを放り出したまま、姿を消してもいいはずなのに、またきちんと元の場所に戻したというのが、おかしかったのである。

「礼儀正しい猫だわ」

私はとても感心し、あの礼儀正しさだから、鮨店もあの子に御飯を上げているんだなと思ったりもしたのだった。

この話をモリタさんにしたら、

「いいわねえ、そんなに何でも食べる猫なんて」

とうらやましがった。

「それでもさすがに、ホタテのひもはだめだったのねえ」

生でホタテのひもを食べる猫がいたら、なかなかの剛の者かもしれない。

「ビーちゃん、話、聞いた？　よその人はね、何でも食べているのよ。いったいどうするつもり」

ビーは、

「うにゃ」

と鋭く鳴いて、お得意のベッドルームに避難してしまった。

すったもんだしたビーの餌事件だったが、シニア用の餌に替えてからは、ドライフードでも何の問題もなく食べている。吐くこともない。人間の目から見ると、普通の餌と同じように見えるけれど、目に見えない部分で配慮されているようだ。マンションの住人の奥さんに、「おでぶちゃん」といわれたビーだが、おでぶにも拍車がかかり、迫力のある胴回りになっている。モリタさんに抱っこされている姿を後ろから見て、かわうそ、おさると呼ばれていたのが嘘のようにまん丸くなって、まるでたぬきである。

「シニア用のカロリーが低い餌に替えて、こんなに太る猫っているのかしら」

私たちはまた首をかしげた。それでも最近では、シニア用の餌でもビー得意の選り好みがはじまり、

「またかっ」

とモリタさんを怒らせているのである。

幸せは偶然の出会いから

何十年ぶりかで高校以来の友人のIさんの家に遊びにいった。八年ぶりにばったりと出先で会い、

「家を建てたから遊びに来てね。今、お姉ちゃんの一家も隣に住んでるの」

と誘ってくれた。友人のHさんもやってくるというので、楽しみにして東中野にある彼女の家に向かったのである。

彼女はご主人と二人暮らしだ。二人の趣味が反映されている、鉄筋の感じのいい家だ。手紙のやりとりだけだったHさんとも二十年ぶりに会い、お互い、

「久しぶり」

と話が盛り上がった。もちろん友だちと会うのも楽しみだったのだが、Iさんの家にレノちゃんという名前の猫がいるというので、その猫を見るのも楽しみだった。高校生

のとき、Iさんの家ではチビというオス猫を飼っていた。この猫はおとなしく、じっと人を眺めている感じの猫だったのだが、お茶の時間になって客である私の前に茶菓子が置かれたとたん、眼がきらっと輝き、すり寄ってくる。あるときなどは、話に夢中になっていると、チビがささっと寄ってきた。そして目の前に置かれた大福餅を、前足で、

「ばふっ」

と叩き、あっという間に略奪して行ったのである。

「こらっ」

ご両親や彼女が叱り、チビを部屋から追い出すと、あわてて逃げるときに階段を転げ落ちたり、ブレーキがきかず、廊下をすべって壁に激突したりしていた。それでも大福餅は離さない猫だった。

「ごめんね。お客さんだと怒られないと思ってるのよ」

Iさんはすまなそうにいった。話によると、おせんべいでもケーキでも、略奪していくといっていた。そのチビも近所のメス猫に子供を生ませ、ある程度大きくなるまではメスにまかせていたが、そのあとは自分が連れて歩いていた。近所でも、

「クレイマー、クレイマー猫」

と評判になっていたのであった。

彼女が結婚してから、ずっとマンション住まいだったので、猫は飼えなかった。近所

にうろついている猫を、夫婦でかわいがったりしていた。そこに家を建てる話が持ち上がり、無事、完成となった。一年前のことである。そこへ、Hさんから、

「猫を飼わない？」

と持ちかけられたのである。

Hさんは東京郊外のある研究所に勤めている。そこの周囲は丘陵地帯で緑がとても多いところだが、どういうわけだか捨て猫がとても多く、知らんぷりはできないので、仕方なく研究所で飼っているような現状だった。ある日、研究所長の奥さんが、ハイキングコースを散歩していると、前方で猫が騒いでいるのが見えた。

「いったいどうしたのかしら」

と思って近づいていくと、ゴミ捨て場のところに数匹ののら猫が集まり、にゃーにゃー鳴きながら、ぼろぼろのぬいぐるみに、前足でちょっかいを出していた。それでも変だなと思いながらよーく見ると、それはぼろぼろのぬいぐるみではなく、行き倒れになっているヒマラヤンだったのである。

「こら、あなたたち、やめなさい」

ヒマラヤンをいじめているのら猫を遠ざけ、奥さんが猫の様子を見てみると、毛はぼそぼそで骨と皮だけになっていて、体にもいじめられた傷があり、まるで不細工に毛を植えたマラカスみたいになっている。それでも猫は息をしていた。奥さんが、

「歩ける？　ついてこられるんだったら、御飯をあげるよ」

といって、そのぼろぼろのヒマラヤンはむっくりと体を起こし、おぼつかない足取りながら奥さんの後をついてきた。そして研究所で餌をもらい、なんとか生き延びられたというのである。研究所でも限界があるので、もらい手を探して、引取先がない猫だけを飼っていた。またみんなで手分けをして、もらってくれる人を探さなければと思っていたとき、Hさんは「I宅祝新居完成」を思い出したのだった。

「このチャンスを逃すわけにはいかないと思ったわよ」

そういって、Hさんは笑った。Iさん夫婦は二人とも動物が大好きだし、持ち家に移ったこともあって、猫を飼おうと思っていた矢先だった。そしてすべて話はトントン拍子に進み、行き倒れのヒマラヤンは、I家にもらわれてきたのである。

「でも不思議だったのよ。もともと人の膝に乗るのが好きな猫なんだけど、Iさんが椅子に座ったとたん、ぱっと膝に乗ったあと、自分から顔を近づけて頬ずりしたでしょ。あれにはびっくりした」

猫というのは、人にはわからない不思議な能力があるというから、ヒマラヤンの頭の中にはすでにシナリオができていて、ゴミ捨て場で倒れていたときも、

「もうすぐ、女の人がきて助けてくれる。その人についていったら、引き取り手をみつけてくれて、その家に行ったら『レノ』っていう名前をつけてもらって、一生、幸せに

暮らせる」

と思っていたのかもしれないと私たちは話した。

女三人があぁだこうだと話している間、ご主人は隣の部屋に入ったきりだ。

「どうしたの」

と聞いたら、

「レノがね、さっきから出てこないの」

という。ご主人は、なんとかみんなに顔を見せようと、ソファの下のほうに隠れてしまったレノに、

「出ておいで。怖くないよ」

と一生懸命語りかけていたのだ。私たちは隣の部屋に移動し、

「レノちゃーん」

「レノ、どうしたの」

と話しかけた。

「ここにいるんだよ」

ご主人が指を差す場所をのぞき込むと、そこにはむくっとしたヒマラヤンがはいつくばって、こちらをじっと見ていたのである。

「わあ、かわいい」

私は思わず声を上げてしまった。長毛種と短毛種とわけて、私は短毛の猫のほうが好きだった。長毛の猫にはほとんど興味がなかったのだが、レノの顔を見てそれは偏見であったことに気がついた。でかい顔もむくむくした体も、本当にかわいい。いかにも性格がよさそうな顔立ちと、おとなしいところが、何ともいえずにいい感じなのである。

いくらみんなで、

「レノちゃーん」

と呼んでも、当の本人はソファの陰ではいつくばったまま、動こうとしない。丸い目でじっとこちらを見ているだけだ。

「こんにちは、はじめてね」

私はそういった。相変わらずレノはじーっとこちらを見ている。

「しばらくだねえ」

Hさんも声をかけた。反応はない。

「おい、恩人にそういう態度はないだろう。挨拶くらいしなさい」

ご主人がそういっても、レノはいつくばったままだった。

「もうちょっと慣れたら、出て来るかも知れないんだけど……」

私たちはレノの相手をご主人にまかせ、元の部屋に戻った。

「いくつ」

私が年を聞いても、Ｉさんは、

「わからないのよ」

と首をかしげる。一般的に猫が病院に行くようになったのは、つい最近なので、ある程度大きくなっていると、病院でもはっきり年齢を割り出すのは、難しいらしいのである。

「とにかくもらってきたときも、毛はぼそぼそだしやせてるし、まるでおじいさんみたいだったの。普通、猫って家の中を探検するでしょう。でもそんなことはしないで、一直線にソファのところに行って、そこに座ったの。あれは不思議だったわ。この子は去勢もしてなかったから、手術をしたときに獣医さんに年を聞いたんだけど、それほど年はとってないみたい。とにかくうちに来てから、どんどん若返っていったような気がする」

のら猫にいじめられていたら、それは一気に老けてしまうだろう。しかし今のレノは、ついこの間、そんな不幸があったなどとは、とても想像できないほど、幸せそうな顔をしていた。

私たちはどうしてそんなところに、ヒマラヤンが行き倒れていたか、首をかしげた。去勢をしていなかったということは、盛りがついて家を飛びだし、そのまま戻れなくなってしまったか、それとも捨てられたか。

「研究所に来たときは、本当にひどかったの。このまま死んじゃうんじゃないかと思うくらい、骨と皮だったもの」

とにかくレノにとっては、ぎりぎりの状態だったに違いない。

「だめだ……」

レノ担当のご主人がやってきた。

「前まではああじゃなかったんだけど」

Ｉさんの話によると、ご主人の友だちの猫好きの男性が、レノはちょっと臆病なのにもかかわらず、

「かわいい、かわいい」

と抱きしめまくって、びびらせてしまったらしいのだ。

「猫って自分のペースで人に近づきたいから、無理矢理にすると、おびえるのよね」

「そうなのよ」

「でも前がそうじゃなかったんだったら、しばらくしたら、また戻るわよ」

「だといいけどねえ」

女三人が、またああだこうだと猫の話をしているうちに、ご主人が姿を消した。そしてしばらくすると、レノを抱いてやってきた。人に抱かれているのを見ても、ふわっとして大きい。

「久しぶりだねえ」

Hさんが頭を撫でてやると、ご主人が、

「かちかちになってる」

といって笑った。私はびっくりさせてはいけないので、そっと前足を触った。

「大きいでしょう。まるでしゃもじみたいなの。だからうちでは、『レノのおしゃもじ』って呼んでるの」

ぬいぐるみみたいにあまりにかわいいので、私はレノの顔を見て、

「あはははは」

と笑ってしまった。私の頭のなかにあった長毛種特有の、高慢ちきそうな所とか、性格が悪そうな所がみじんもない。色もシャム猫の色合いに近く、レノの毛を短く刈り込んだら、おでぶちゃんになったビーにそっくりだし、性格もどことなくビーに似ている。名前のレノはIさんがジャン・レノのファンなので、レノと命名したのだが、「たぬきち」あるいは、ごみ捨て場にいたので、「ごみっこ」と呼ばれることも多いらしい。

「長毛種ってブラッシングが大変なんでしょう。ずいぶんきれいにしてるわね」

「いちおうはしてるんだけど、どうしても首の下っていうか、胸のあたりの毛はやらせてくれないの。やろうとすると、あのおしゃもじをぱっと胸のところに持っていって、隠しちゃうのよ。毛がからまっちゃうと、いくらほぐそうと思ってもほぐせないから、

切るしかなかったのよね」

長毛種を飼っている私の知り合いが、ブラッシングを怠り、毛玉だらけにした。そうなってはどうしようもなく、毛玉をざくざくと切って、真っ白い猫を角刈りにしてしまったという話をしたら、みんな腹をかかえて笑った。

「普通、猫って自分で毛をなめたりするんだけど、レノは全然やらないの。毛玉も吐かないし」

ペットショップに売っていた、毛玉を吐かせるための薬の話をしたら、

「それも試したのよ」

という。前足に付ければ、猫はなめるからそのようにして下さいと店の人にいわれ、チューブからレノのおしゃもじに塗ってやったが、それをなめようとはせず、前足に薬を塗ったまま、家中を走り回り、

「あっちこっちに薬がくっついちゃって、大変だったわよ」

というのだった。長毛種があまりグルーミングをしないものなのか、それともレノがそういう性質なのかはわからないが、いつも熱心に体をなめるビーを見慣れていると、不思議な気もしてきた。

いつもレノは、お気に入りのソファの上で寝ている。ところが寝ているうちに、だんだんずり落ちていくのだが、それがわからない。

「あれあれ」

と見ていると、そのうち、

「ドスッ」

と音がして床に落ちる。すると仰向けになったまま、前足と後ろ足を曲げ、何が起こったかわからず、きょとんとしたまま、固まっているというのである。また、レノは外に出たがらず、網戸からじっと外を見ている。「裏にすごく性格のきつい三毛がいるのよ。三毛だからメスだと思うんだけど、この子がすごいのよ」

レノが網戸ごしに外を眺めていると、外にいた三毛がやってきた。そして網戸ごしに近寄ってきて、じーっとレノを見ている。

「いったい、どうするのかな」

と思って見ていたら、何とその三毛は、ものすごい勢いで網戸を突き破り、レノに突進したというのである。

「網？　突き破ったあ？」

私とHさんはびっくりした。いくら網だとはいえ、網戸の網がそんなに簡単に破れるとは思えない。

「レノはびっくりしちゃって。その三毛にお姉ちゃんちの猫もいじめられたの」

近所で評判のいじめっ子のようなのだ。お姉さんの家でも猫を二匹飼っていたのだが、その猫たちは外に出るので、三毛ともいろいろとあったらしい。

「二匹のうちのかわいいほうがね、車にはねられたらしいの。道路の向かい側の人が、『おたくの猫によく似た猫が倒れていた』っていってたんだって。ちょうどそのころから、いなくなっちゃったから」

外に出る猫は、そういうこともあるから大変だが、レノはおとなしいので、事故に遭う可能性はない。レノは場所を変え、和室の隅で前足をたたみ、猫箱状態になっていた。

「レノちゃん」

呼びかけても舌を出して鼻をぺろっとなめるだけで、近寄ってくる気配はない。

「よっぽど懲りちゃったのね」

そういって笑うと、

「もう、抱きしめてむちゃくちゃかわいがってたからねえ」

そうしたくなるのも十分わかるくらい、レノはかわいい猫だった。ご主人の話によると、寒い時期には尻尾に年輪ができるのだという。

「年輪ってなあに？」

尻尾の先を持って、ふーっと息を吹きかけると、地肌にバームクーヘンみたいに、年輪ができている。それが暑くなると消えるというのだ。

「樹と同じでそれで年齢はわからないの？」

と聞いたら、

「寒くなったら調べてみよう」

といっていた。

Hさんが勤めている研究所は、どうもヒマラヤンに縁があるらしく、この間もヒマラヤンのお腹の大きなメスがやってきて、子供を生んだという。

「でもヒマラヤンみたいな純血種が、そんなに外をうろうろしてるものなの?」

そう聞いたら、今は純血種を飼っていても、平気で捨てたりするので、長毛種ののら猫もいるのだという。それと短毛種がかけあわさって、いろいろなのら猫が出来上がってしまうというわけらしい。

「のらのヒマラヤンねえ」

もしかしたら近くに質のよくないヒマラヤンのブリーダーがいて、邪険な扱いをしているのではないかと、私たちは話した。

「それじゃなければ、そんなにヒマラヤンが集まるわけはないものね」

きっとその中では、かわいそうに命を落としてしまった猫もいるだろう。ぎりぎりだったとはいえ、レノは本当に幸せだった。またその苦労が顔にしみついていないところもいい。人間も猫も同じで、あまりに辛いことがあると、顔ににじみでてしまうものだが、

「生まれた時から、この家にいました」

という顔つきだ。レノの写真をもらってきて、アリヅカさんとモリタさんに見せたら、

「この子、ひと目見て、性格がいいのがわかるよね。かわいいねえ。この長い毛を刈り込んだら、ビーに似てる」

といった。私はレノを見て、長毛種に対する考え方が変わった。でもそれは相手がレノだからかもしれない。ビーの体毛がどっと伸びてしまったようなレノが、これからも元気で幸せに暮らせるように、そして次にIさん宅に行ったときに、レノと交流できるようにと、私は祈るばかりである。

天国への道のりは辛い？

ビーのもと飼い主のアリヅカさんと、現飼い主のモリタさんは、共同で別荘を持っている。敷地三百坪の大きくて立派な別荘である。私もたびたび遊びに行かせてもらったが、空気が澄み静かなので、東京にいるときよりも、とても落ち着く。東京にいるときは自覚がないのだが、そこで寝起きしていると熟睡できるし、東京では知らず知らずのうちに、疲労をためていることに、気づかされるのである。

私たちが一緒に行くときは、ビーも一緒に別荘で過ごす。しかし別荘に着くまでが大変なのだ。ビーは車が大嫌いである。ケージを見せると、その中に入れられて車に乗せられるとインプットされているらしく、逃げていってしまう。

「あんた、一人で留守番してるの。そんなことできないでしょ」

モリタさんに叱られて、部屋の隅っこやベットの下でうずくまっているのを発見され、ひきずり出されて、ケージに入れられる。

「あーあ、これからまた始まるのね」

そうため息をつきながら、アリヅカさんはハンドルを握る。これが別荘行きの毎度のパターンなのである。

いちばん最初に別荘に行くことになったとき、モリタさんから、

「とにかくすごいから、覚悟しててね」

といわれていた。

「覚悟するって何だろう」

と思っていたのだが、それがビーの鳴き声だとわかったのは、走ってから十分くらいたってからのことだった。乗ってすぐは小さな声で、

「にゃ、にゃ」

と心細そうに鳴くだけである。私の隣にケージを置いて様子を見ていると、中でうずくまっている。ところがその声がだんだん大きくなり、高速道路に入ったとたん、ビーの声ががらっと変わった。

「おーわあー、おーわあー」

とずーっと鳴き続ける。喉の奥から絞り出した暗い声である。

「とうとう始まった……」

だ。

「うるさいよ。静かにしていなさい」

アリヅカさんとモリタさんに怒られても、

「おーわあー、おーわあー」

は延々と続く。よくもまあ飽きないものだといいたくなるくらい、鳴きっぱなしなの

だ。

アリヅカさんが、

「トンネルに入ると、また一段とうるさくなるのよ」

という。その通り、ビーはひときわ大きい声で、

「うーにゃあー、うーにゃあー」

と叫びはじめたのである。

「もう、うるさいったら、うるさい。耳が痛くなる」

モリタさんが助手席から振り返っていっても、ビーには何も聞こえない。ただただ必死に、

「うーにゃあー、うーにゃあー」

と叫び続ける。やっとトンネルを抜けると、トーンは一段下がるのであるが、また、

「おーわあー、おーわあー」

がはじまるのだった。

「ビーちゃん、大丈夫だから、おとなしくしていようね」

と声をかけると、運転席と助手席の二人は、

「だめだめ、甘やかすとすぐお調子に乗って、ますます鳴くのよ」

と顔をしかめた。

「車に乗っているよりも、ずーっと二時間鳴き続けることのほうが大変じゃないの」

そういいながらビーの顔をのぞき込むと、ビーの目はふだんとは違っていた。

「全く、余裕がありません！」

という顔になっている。そして次に、前足の爪を嚙み始めた。それはいつもやるように、爪のお手入れというような、生易しいものではなく、嚙みちぎっているといった迫力ある姿だった。

「あっ、爪を嚙みはじめた」

モリタさんが振り返ってつぶやくと、アリヅカさんは、

「えーっ」

とまたまた呆れていた。

以前、歯石をとったときも、獣医さんのケージのなかで前足が血だらけになっていたし、別荘に来たときも、ケージから出そうとすると、下に敷いていたタオルに血がついている。アリヅカさんがびっくりしてとびのき、よくよくみたら、ビーが前足から出血

するほど、爪を噛んでいたのであった。

「びっくりしちゃった。置き去りにしたわけじゃないし、まさかそこまでしていると思わないから」

ビーは自分のことをいわれているので、耳をアリヅカさんの方向へ向けているものの、いらついたように爪を噛み続けている。

「まだ、血は出てないみたいだけど」

私がそういうと、

「もう知らない。いちいち気にするのも面倒になった」

二人は申し合わせたように、ため息をついた。そしてビーはといえば、

「おーわあー、おーわあー」

を続けながら、爪を噛むというダブルパンチで、車内の私たちを困惑させたのである。

「うるさいから、音楽でもかけちゃおう」

アリヅカさんがそういって、沖縄民謡のカセットをかけた。ネーネーズの歌の合間に、

「おーわあー」

という合いの手が入る。間が悪く、トンネルに入ると、一段上のテンポの早い、

「うーにゃー、うーにゃー」

になる。

「ネーネーズも迷惑よね、こんな猫の合いの手じゃ」

モリタさんは振り返ってビーを見ながら、

「どうしてこうなのかねえ。他の猫はおとなしくしてるのに」

といった。ビーが大好きなおとちゃんは、車に乗ったとたんに、ケージの中に入れられ、車が走りだすと、くーくー寝てしまうという。

「そのほうが体力温存でいいんだよ。どうしてあんたは年寄りのくせに、自分の体力を使い、人の体力まで奪うようなことをするのかしらね」

でもビーは、

「とにかく、早く降ろしてくれえ」

という感じなのである。

高速道路を降りると、少しは落ち着いたようで、ビーの声はしゅーっと小さくなった。

「はあーっ」

ビーの安堵のため息と同じぐらい、私たちも安堵のため息をついた。そして、一般道を走って約十五分、別荘に到着した。約二時間半のドライブだった。まずビーを降ろし、ケージを開けてやると、さっきまで鳴きわめいていたのがウソのように、うーんと背伸びをして、三十畳のリビングの中を歩きはじめた。そして私たちが車から荷物を降ろしている間も、ビーは尻尾を立てて各部屋を点検し、あちらこちらの匂いを嗅いでいた。

ビーは東京にいるときは、ものすごく甘ったれの抱っこ仮面である。人のあとをくっついて歩いている。しかしここに来るとそうではない。突然、野生に戻ったようになるのだ。たとえばソファに座っていて、ビーが足元にやってきたので、東京にいるときと同じように抱っこしようとすると、身をよじって逃げる。もがいて逃げる。とにかく抱っこされるのをとても嫌がるようになるのだ。それよりも一匹で勝手に部屋の中を歩き回り、走ったり遊んだりしている。まるで人がそばにいないかのようである。ふだんは人がいるところをうろうろしているのに、別荘ではたびたび、

「あら、ビーはどこにいったの？」

と探すことも多い。あの甘ったれのお坊っちゃんが、別荘にいると自立した猫になってしまうのだった。

そういうビーの姿をみながら、

「私たちもここに来ると、テレビを見たり、音楽を聞かなくても、景色を見て過ごせちゃったりするじゃない。だからビーもしかしたら、東京ではストレスがたまっていて、それを発散させているのかもしれないね」

と話したりした。

「東京でのストレスもそうだし、途中、車の中でのものすごいストレスもあるしね。それから解放されるのは、相当に気持ちがいいんじゃないの」

モリタさんはいった。

「そうなの？　ビー。あんたの頭にストレスなんていう認識はあるのかしらねえ」

アリヅカさんがビーに声をかけると、ちらりとこっちを見たが、ぷいっと横を向いて、自分のトイレが置いてある洗面所の方へ歩いていってしまった。

「まあ、生意気な。どうしてあんな態度なのかしらね。あなたが飼いはじめてから、あんなふうになったのよ。私が飼っていたころは……」

「はいはい、軍隊方式で絶対服従だったのね、どうもすいませんです」

モリタさんは頭を下げた。ビーは用を足したのか、ドアを体で押して姿を現した。

実はそのドアには、ビーのために出入りできるような蓋つきの穴を開けていた。両側からぱたんと閉まるようになった蓋つきの物である。冬は雪も多いし、寒い場所なので、いくら床暖房と暖炉があるからといっても、ビーのためにドアを開け放しておくわけにはいかない。特に洗面所やトイレ、風呂場がある場所なので、そこから冷たい空気が流れ込んでくるのだ。わざわざ大工さんに来てもらって、ビー専用の出入り口を作ってもらったのに、そこをビーは使おうとしないのである。

「これからはここを通るのよっていったでしょ。わかってるの？」

アリヅカさんがビーを抱いて、ドアのむこう側に行き、なんとか出入り口からこちらに来させようとしても、ビーはその前でへたりこんでいるだけ。モリタさんと私が、蓋

を開けて、

「おいで」

と呼んでも、ビーは、

「にゃあ」

と鳴いたまままうずくまっている。しばらく出入り口に慣れさせようとしたが、ための長いビーは石みたいに動かなかったのである。

「ああ、もう、やだ。あんたには付き合いきれない」

アリヅカさんがドアを開けてこちらへ来ると、ビーも素早くその後をくっついてこちらに戻ってきた。そして床にごろりと横になり、ぺろぺろと体を舐めている。

「いいねえ、あんたは気楽で」

モリタさんも呆れ返った様子である。

「ビーちゃん、もう一度やってごらん」

私が出入り口のところにへたりこんで、ぱたぱたと蓋を動かして見せても、動こうとしない。それどころか、ぽわーっと大あくびをした。

「ま、あんた、とんでもないわね。何なのその態度は」

モリタさんが怒って、お尻をぱちっと叩いた。するとビーは、

「うえええええ」

と不満そうな声を出した。

「あんたが悪いんでしょ」

また怒られると、

「うええぇ」

と少し小さな声になって、そそくさと立ち去った。

「甘やかすと、どんどんつけあがるよ」

アリヅカさんはそういって苦笑いした。

「出入りしなくても、冬になったらドアを閉めちゃうもん。トイレは向こう側にあるから、あそこから出入りしなければ、おしっこもできなくなるし。いくらわあわあ鳴いたって、開けてやるもんですか」

モリタさんは本気で怒っているようだった。

「ビーちゃん、聞いてるの」

私が声をかけても、知らんぷりをしていた。

「放っておけばいいわ」

アリヅカさんとモリタさんはきっぱりといった。そして別荘では、ビーは文字通り放っておかれたいようで、私たちと接点を持とうとしなかった。いつもは必ず膝に乗ったりするのに、別荘ではほとんどそういうことがないのである。

夏になると緑の多い別荘では、たくさんの虫が発生する。甲虫あり、羽虫あり、ものすごい数だ。もちろん網戸はあるのだが、どういうわけか隙間をみつけて、それらの虫が室内に入ってくる。それを見て大喜びするのがビーなのである。東京にいるときも、ビーは虫を見つけると、つかまえるまでその場を離れない。たとえば羽虫が飛んでいたりすると、宙を見たまま、

「うにゃにゃにゃにゃ」

と小声で鳴く。

「ビーちゃん、ほら、虫が飛んでるよ」

と声をかけると、

「うにゃにゃにゃ」

とふだんはださない声で鳴きながら、目は虫に釘付けになっている。そしてそばで私たちが、

「がんばってえ、がんばってえ」

と声援すると、張り切って虫を追いかける。そして年寄りだというのにジャンプをして、うまいことつかまえたりするのだ。

「わあ、すごーい、ビーちゃん、えらいねえ、すごいねえ」

ぱちぱちと拍手をすると、ビーは大得意になって、鼻の穴がこれ以上、広がらないと

いうくらい、おっぴろがるのだった。

東京でさえ虫を見てそうなのだから、別荘での無数の虫を見ると大変である。どの虫を採ってやろうかと、目移りしている。

「ビーちゃん、がんばって」

そう声をかけると、

「うにゃにゃにゃ」

といいながら、狙いを定める。私たちもどうなることやらと眺めているのだが、例のごとくビーはためが長いので、私たちはそのうち飽きてきて、おのおの勝手なことをはじめる。そして忘れたころに、ビーが鼻の穴を広げ、口にくわえた虫を見せにくるのだった。

「わあ、すごいねえ」

とりあえずは誉めてやるが、正直いって私たちはもうビーの捕獲作戦には関心がなくなっている。それでも気のいいビーは、私たちに誉められるととってもうれしいらしく、うきうきと室内を歩いているのであった。

夏、別荘に行ったとき、たくさんの甲虫が歩いたり飛んだりしていた。

「去年はこんなふうじゃなかったのに」

といいながら、モリタさんが網戸を閉め直しても、すでに何匹かの甲虫が床の上を歩いていた。中にはどうやって入ったのか、大きい甲虫もいる。

「ビーちゃん、みんなつかまえてね」

モリタさんがそういう前から、ビーの目はらんらんと輝いている。そして虫を追い、どたばたと走り回っていた。

やっと騒ぎもすみ、ビーは床の上に長くなってくつろいでいる。

「あら、虫はどうしたの」

そういうと、尻尾をぱたぱたさせた。

「逃げられちゃった。捕まえられなかったの？」

モリタさんが聞くと、ビーは目をぱちぱちさせながら、黙っている。

「年寄りだから失敗したのかしら。虫はあんなにたくさんいたのに。困ったねえ、このまま大好きな虫採りもできなくなるのかねえ」

ビーの態度は全く変わらなかった。

翌日、モリタさんが台所で、

「ああっ」

と大声を上げた。行ってみると台所の隅にビーの餌が置いてある場所で固まっている。足元にはビーがいて、餌を食べている途中であった。

「どうしたの」

と聞くと、ビーのお尻を指さしながら、

「何か出てる……」

という。そーっと見てみたら、ビーのお尻の穴から、甲虫の脚らしきものがにょきっと出ているではないか。

「何だ、これは」

私たちは一瞬、目が点になったが、げらげら笑いだしてしまった。昨晩、虫を捕まえて食べたはいいが、消化しきれないまま出てきてしまったらしい。

「やだねえ、年寄りだから尻の穴の締まりも悪くなっちゃって」

モリタさんが笑いながら涙を拭いた。

「本当にいやよ、そういうの」

アリヅカさんは苦笑いである。一方、ビーは、自分の尻の穴から虫の脚が出ているのを気づいているのかいないのか、みんなの注目を浴びてとってもうれしかったらしく、鼻の穴を広げてまたまた大得意になっていた。別荘に行けば天国の気分のビーだが、その途中はとても辛い。

「あんたは楽ちんな人生を歩んでいるんだから、たまには人生は厳しいということを思い知りなさい」

アリヅカさんに叱られても、ビーは別荘にいるときだけは、

「知らないよ」

というような大きな態度で、のびのびしているのだった。

たかが猫、されどネコ

先日、行き倒れていたヒマラヤン、レノの飼い主であるIさんから、暗い声で電話があった。

「お兄ちゃんの家で飼っている猫がね、四日前に逃げちゃって、行方不明なの」

という。お兄さん夫婦が旅行に行くことになり、奥さんの妹さんの家に、避妊手術済みの一歳半のメス猫を預けた。それまでにも妹さんの家に二回ほど預けたことがあり、何の問題もなかったので、今回も面倒を見てもらうということになったのである。

妹さん夫婦が住んでいるのは、山を切り崩した造成地の上のほうに建つ、十三階建ての大きなマンションである。お兄さんの家から車で三十分ほどの距離にある。周囲には一戸建ての家がちらほらと建っているが、密集した住宅地というわけではない。とにかく緑が多くて、環境はとてもいい所なのだ。妹さんの家には中学生と小学生の子供がいて、猫がやってくるのをいつも楽しみに待っていた。お兄さん夫婦のところにも子供はいるが、大学に通う都合でIさんの家に同居している。ふだん家には、お兄さん夫婦とその猫、ゴールデン・レトリバーの犬一匹が住んでいた。犬は他の家に頼み、猫は妹さんの家へと預け、二人は旅行に行った。ところが楽しい旅行から帰ってきたら、猫が行方不明になっていたのだった。

そういう話を聞くと、胸が詰まってくる。

「猫はどうしているか、犬はどうしているか」

と気にしつつ帰ってきたところへ、いなくなったなどといわれたら、どんなにショックなことだろうか。しかし留守中に面倒を見てくれた人にも罪はない。これはどうにもならない悪いタイミングが重なって、そうなってしまうからである。

不用意にドアを開けたりすると猫が出ていってしまう可能性があるので、妹さんも子供たちも気をつけていた。しかしその猫はそれまで、ドアが開いたとしても、そこから出るような気配は見せずに、じっと部屋の中にいた。最初に預かったときは緊張するが、二度、三度となったら、預かるほうも最初の緊張感が薄らぐのは当然である。そのときも、たまたま来客があり、ドアを開けたとたん、猫がものすごい勢いで脱走してしまった。みんながびっくりして後を追いかけたら、十一階から九階まで、ものすごい勢いで外階段をかけ降りた。やっとの思いで九階の階段のところにいるのを見つけ、つかまえようとしたとたん、何とその猫は手すりから外に向かってダイビングしたというのである。

「九階から飛び降りたのよ。信じられる？　猫ってそんなことを平気でしちゃうのね」

Iさんの声は暗い。九階の手すりから飛び降りるほど、外に出たかったのかと思うと、猫もかわいそうになったが、最初から最後まですべてを見ていた妹さんたちがどんなショックを受けたか想像すると、心臓がどきどきしてくる。

「子供たちがびっくりして下を見たら、着地したあと、ものすごい勢いで逃げていったんだって。でも、そんな高い場所から飛び降りたんだったら、骨を折るか、走っていったとしても、どこかで死んでいるんじゃないかと思って……。お義姉さんは、遺体だけでも連れて帰りたいっていって、泣いてるの」

というのである。

私は少し前に、猫についての本を読んでいて、そこにこういうことが書いてあった。飼い猫がマンションの窓やベランダから落ちて怪我をしたり死んだりという事故が多いのだが、五階くらいまでの高さのマンションがいちばんあぶない。高層はともかく、五階以上の高さの階から落ちると、猫は落下している間に気分が落ち着き、低いところから落ちたときよりも、冷静に着地態勢がとれるのだそうである。まさに、ニャンコ先生の「ニャンパラリ」や、「キャット空中三回転」のような技が出るらしいのだ。私はこ

の話を彼女にして、

「もしもひどいダメージを受けていたら、ものすごい勢いで走って逃げることはできないんじゃないのかなあ。骨が折れていたら、その場にうずくまるだろうし。猫だって馬鹿じゃないから、もしかしたら安全に着地できる九階まで降りて、そこから飛び降りたのかもしれないし。きっと生きてるよ」

といった。

「えっ、ほんと？　お義姉さんは、あんな高いところから飛び降りたんだから、絶対に死んじゃったっていうの。でも、そう書いてあったんだったら、大丈夫かもしれないね、生きているかもしれないね」

Ｉさんも少しは気分は明るくなったようだが、それでも心配の種は尽きない。

「でもね、近所に家がほとんどないし、大きな竹藪があるの。もしもその中に入っていったら、とてもじゃないけど探せないし、餌もないし。週末には台風も来るっていってるでしょう。夜は寒くなっているし、いったいどうやっているのかと思うと……」

お兄さんは奥さんに対して、

「妹さんを責めるんじゃないぞ」

ときつくいったのであるが、姉妹ということもあって、

「どうして不用意にドアを開けた。どうして飛び降りるような状況に追い込んだ」

とついつい口に出してしまう。もちろんそういわれた妹さんは辛いに決まっている。

「それを見ているのも辛いのよ」

Iさんはつぶやいた。

猫が行方不明になってから、尋ね猫のチラシを作り、妹さんは毎日、ご主人も週末の休みには猫を探して周囲を歩いた。もちろんお兄さん夫婦も探している。ところが何をどうやって探していいのか見当もつかず、猫を探す探偵社のプロに頼んで、探してもらってもいるというのだ。プロは逃げた直後は名前を呼んで探さないほうがいいといっていたようだ。近くにいたとしても、平静な状態ではないので、飼い主であっても出てこなくなる可能性が強いという。そして自分の臭いがついたもの、たとえばトイレの砂などをマンションの周囲に置いて、安心させることが大切だというのであった。

「へえ、そうなの」

旅行に行くときは、トイレをきれいに掃除をしていくが、Iさんは、

「うちも何があるかわからないから、これからはトイレの掃除はして行かないわ」

といっていた。

なるべく暗い気持ちにならないように、私は高い階から落ちたからといって、ダメージが必ずしも大きくないこと、きっと飼い猫だから、むやみに竹藪の中には入らないんじゃないか、人の気配がしている所をうろうろしているのではないかと話してみた。

猫が逃げた話はいろいろと聞く。マンションの上のほうの階から、階段を使って逃げたので、四方八方探したが見つからない。ところが近くを探してみたら、マンションの一階のベランダの物置の下でうずくまっていたとか、意外に近場にいたということが多かったりするのだ。首輪をしているというから、近所の家でものら猫ではないことがわかるだろうし、

「プロも探してくれているんだから、あまり気を落とさないで。お義姉さんにもそういってあげて。早く見つかるといいね」

と電話を切った。

そしてそれから六日後、

「猫が見つかりました!」

というファクスが届いた。山の上のほうの、人もほとんど行かない、乾いた場所にいたらしい。毎日、近所の家を一軒一軒まわり、目撃情報を聞いてみても、何の情報もなく、みんながほとんど諦めた矢先のことだった。

「皆さんの祈りの念力で見つかったのではないかと思います」

とも書いてあった。

「ああ、よかった」

私もほっとした。その猫には会ってないが、話を聞いただけで他人事だとは思えない。

お兄さん夫婦も、妹さん夫婦もどれだけほっとしたことだろう。いっぺんに体中の力が抜けたんじゃないだろうか。猫はほとんど怪我もしておらず、元気だったという。

「よかった、よかった」

私は何度もファクスを見直して、つぶやいたのである。

この猫の行方不明から発見までの顚末を、モリタさんに話すと、

「よく見つかったわねえ。さすがにプロってすごいわ。でも猫も十日間、食べる物もろくに食べないで生きてたのねえ」

と感心していた。ビーも一緒に話を聞いている。

「ビーちゃんがいなくなったら、どうしようかねえ」

モリタさんがいうと、ビーの耳がひくひくと動く。

「探さないことにしようかな」

そういってモリタさんはくすくす笑った。

「あら、大変、ビーちゃんどうしよう」

私がそういうと、ビーは青い目をくりっと見開いて、じーっと考えている。

「この間も夜中に脱走したのよ。二時半にへとへとになって帰ってきて、ドアを開けたら、ぱーっと飛び出して下に降りていっちゃったの」

「で、どうしたの」

「それから懐中電灯を持って、下を探しに行ったのよ。大きな声を出せないから、小声でビーちゃん、ビーちゃんって呼んで。それなのにすぐ近くにいるのに、出てこないのよ。じーっと木の陰に座ってこっちを見てたの。疲れてるのに頭にきちゃった」

ビーはふっと顔をそむけた。

「わかった？　これからは脱走したら、それっきり。探さないからね。どこへ行こうと知らないからね。わかった？　あんた見つかった猫みたいに若くないんだから、すぐ御飯が食べられなくて死んじゃうよ。それでもいいんだったら脱走しなさい」

ビーは、

「うにゃっ」

と強くひと声鳴いて、ぶりぶりと体を動かしながら歩いていった。

翌日、ちゃりちゃりと音がするのでベランダを見たら、ビーがオレンジ色のリボンに鈴をつけてもらって、首につけている。うす茶色の毛並みにオレンジ色がマッチしてなかなかお洒落である。

「まあ、ビーちゃん、かわいいわねえ。よく似合うこと」

おおげさに誉めたら、ごろごろと大きな音をたてて喜んでいた。

「ビーちゃん、かわいくなったじゃない」

そうモリタさんにいうと、

「でもね、最初つけてやったら、久しぶりに首に巻いたものだから、部屋の隅っこにいって、ゲーッて吐いてた」

と笑った。

「締めすぎちゃったのかしら」

「うーん、そうかもしれない」

でもビーは辛そうには見えず、尻尾を立ててご機嫌そうだった。

「猫がいなくなった家の人は、死んじゃっただろうって、諦めたんでしょうねえ」

モリタさんはビーを見ながらいう。

「そう思いたくないのと、そう思うのと、ごっちゃごちゃになってたみたいよ」

「そりゃあ、そうよねえ。ビーなんかは臆病だから、絶対にベランダや手すりから飛び降りるっていうことはないからいいけど。ねえ、ビーちゃん、あんたいつまで生きるの？　教えてちょうだい」

笑いながらモリタさんが聞くと、ビーは不愉快そうに、

「うえええー」

と鳴いた。

「じいさんだしねえ。おまけに重くなっちゃって、抱っこするのも腕が痛くてしょうがないわ」

最近、モリタさんは、ビーの耳元で、

「何歳まで生きるの？」

と聞き続けているのだという。そのたびにビーは、

「うえええー」

と答えるのだそうである。

「でもビーちゃんは、まだまだ元気よ」

そういうとモリタさんは、笑いながら、

「はあーっ」

とため息をつくのだ。

ビーは相変わらずひも遊びが大好きだ。猫の一年は人間の一年よりも年をとるはずなのに、いつまでも外見は若々しい。年を知らない人は、ビーの姿を見ると、

「かわいくてきれいな顔をしていますねえ」

と必ずいう。そして年齢を知ると、

「ええっ、とてもそんなふうには見えない」

と驚くのだ。触るとさすがに年齢は隠せず、ぼそぼそっという感じの手触りなのだが、外見からはそう見えない。太ったから脂分がゆきわたっているのか、毛並みも揃っているし、顔は昔から全然老けていないし、とにかくころころと太って、かわいい姿になっ

ている。

猫を飼ったことがある人に、

「十三歳にもなって、まだひもで遊ぶなんて、ずいぶん子供っぽいわね」

といわれることもある。彼女の飼っていた猫は、子供のころはよくひもで遊んだけれど、大人になったら、目では追うけれども、走り回って遊ばなかったというのだ。

「自分の年齢を意識してないのね。それが外見に出るんじゃないの？　人間でもさあ、老けた老けたと思っている人って、端から見ても老けていたりするじゃない」

ビーが知恵を使って、隙を狙って階段を駆け降りて脱走するのも、まだ自分が若いと思ってやるのだろうか。

「だいたい年寄りで臆病な猫だったら、家の中でうろうろしていればいいと思うんじゃないの？　きっとビーちゃんは、自分は十三歳だっていう意識がないのよ。まだ二、三歳のつもりでいるんじゃないの？」

たしかにひもで遊ぶ姿を見ると、とても十三歳とは思えない。前よりもすぐ疲れてしまうことはあるけれど、興味は全く薄れていないのである。

ドアを開けて、

「ビーちゃん、脱走するの？　どこかにいっちゃうの？　そういう勇気はある？」

そう聞くと、ビーはとことこと廊下を歩いてはいるが、やはりこちらを気にしている

のがわかる。人の目を盗んで脱走するのが楽しく、堂々と、

「行ってもいい」

といわれると、猫は猫なりに何かあるなと詮索するのかもしれない。

「出ていってもいいけど、誰も探さないって。一人で餌を見つけて暮らしてね」

そういうとビーは、

「うええええー」

といって部屋に戻ってくる。こういうところはやはり十三歳という感じなのであった。

高齢の猫が登場する本を呼んでいたら、晩年、その猫は口臭がとてもひどくなったと書いてあった。ビーは口臭もなく、体臭もなく、ほとんど臭いがしない猫である。その話をモリタさんとアリヅカさんにしたら、

「暗示をかけちゃおうかしら」

と笑っていた。暗示って何だろうと思っていたら、口臭ネタでビーをからかっていたのである。

抱っこしてやって、ビーが気持ちよくなっているところへ、耳元で、

「ビーちゃん、口がくさーい」

とささやく。最初は意味がわからないので、ビーもごろごろと喉を鳴らして喜んでいる。それでも何度も何度も、

は、

「ビーちゃん、口がくさーい」

とい い続けていたら、どうもそれはいいことではないとわかったらしく、二日後から
「うええぇー」

と怒るようになったというのである。

「口が臭くなって、歯が全部抜けちゃって、そうしてビーちゃんはよぼよぼになって死んじゃうんだよね」

アリヅカさんがいうと、

「うええぇー」

と怒る。モリタさんが笑いをこらえながら、

「口がくさーい」

といったら、やっぱり、

「うええぇー」

と怒った。

「お利口だねえ。ちゃんといってることがわかるんだね」

感心していうと、モリタさんとアリヅカさんは、

「そんなことがわかっても、何の役にも立たないわ」

と大笑いした。モリタさんがビーを抱っこすると、鼻の穴が最大限に開いた。

「ビーちゃんがいなくなったら、みんなで一生懸命探してあげるよ。口が臭くなっても
うすぐ死ぬかもしれなくても、一生懸命探してあげるから。心配しなくていいよ」

頭を撫でてやると、モリタさんが、

「ものすごくごろごろいってる。その音が体に響いてくる」

といった。

「本当にねえ、猫一匹にどうしてこんなに大騒ぎしなくちゃならないのかって思うんだけど、でも、そうしなくちゃいられなくなるのよね」

アリヅカさんがいった。ビーは心底、満足そうな顔をしながら、大きく開いた鼻の穴を、空に向けながら喉を鳴らし続けていた。

あとがき

ビーは今年、十四歳になるがとっても元気である。食欲は衰えず毎日の散歩もかかさない。以前は、飼い主のモリタさんや私が、抱っこをしてマンションの一階に連れていったのであるが、最近はビーにも知恵がつき、自分独りでエレベーターで降りていくようになった。

もちろん、ビーが自分でボタンを押して乗っていくわけではない。モリタさんが、

「もういちいち抱っこして降りるのが、面倒くさくなっちゃった」

といいながら、エレベーターのボタンを押す。するとビーが小走りにやってきて、ちょこんと扉の前で座っている。そして扉が開いたら中に入っていき、

「にゃあ」

と催促をする。モリタさんが一階のボタンを押し扉が閉まる。するとビーはそのまま

一階まで降りていき、ひとしきり敷地の中で遊んだあと、階段を上って家に戻ってくる。楽しくて戻ってこないときは、モリタさんが迎えに行き、

「ほら、ハウス、ハウス」

と追いたてると、

「んにゃー」

と不満そうに鳴きながら、階段を上がっていくというのだ。

「ビーちゃん、どこかに行っちゃうんじゃないのかしら」

心配して聞くと、モリタさんは平然と、

「そんな度胸なんかないわよ」

と笑っている。私たちのいちばんの関心は、エレベーターで降りている途中で、他の住人が乗ってきたら、ビーがどういうリアクションをとるかということである。

「あせるかなあ」

「あせる、あせる。きっとびっくりして飛び出して、うちに戻ってくると思う」

そうモリタさんはいった。その姿を想像して、私たちは、

「くくく」

と笑った。ころころに太ったビーが、びっくり仰天してぴょーんと跳ね、大慌てでどすどすと走っていく。ものすごくかわいいけれど、ものすごく滑稽で、いつまでも笑い

が止まらなかった。

ビーはこの頃、「おやじ」と呼ばれている。最近は自分の要求が聞き入れられないと、

「うわああ、おわああ」

とものすごい声で鳴くようになった。わざわざ近所に聞こえるように、開けた窓に向かって叫ぶのである。そのたびに、

「おやじ、うるさいよ。このごろ本当に愚痴っぽいんだから」

とモリタさんに叱られている。きっと「きたな通り」のネコたちも、ビーの声を聞いていることだろう。近所でも新しいネコがやってきたり、仔ネコが生まれたりしている。どのネコもそれなりに元気に幸せに生きていって欲しいと、願うばかりである。

鼎談　猫も歳をとる

隣人・群　ようこ
ビーの飼い主・もたいまさこ
ビーの元飼い主・安藤由紀子

人間なら八十歳

群　今年、ビーちゃんは十何歳になるんでしたっけ？

もたい　もうすぐ十七に突入。

群　猫って、二十歳で約百歳でしょ。とすると、八十ちょっとぐらい。

もたい　うん。で、今、たれ流し状態。ストレスかなとも思うし、腎臓も悪いみたいな雰囲気もするね。嘔吐もあるし。

群　ビーがこの場にいたら、うえんうえん言うよね、「そんな話ばっかりしないでくれよー」って（笑）。

もたい　耳も遠くなってきてるよ。呼んでもこっち向かないとか。

群　知らんぷりしてるわけじゃなくて？　耳だけこっち向くとかいうのはないの？

もたい　ないのよ。あと、目も……。

安藤　いろんな症状出てきてるよ。もう群さんを女中にしてたころの面影はないね。

群　私が女中をしてたころというと、かれこれ七、八年前になりますか。あのころは、私たちが夜中まで話してても付き合ってたもんね。テーブルに上って、安藤さんに怒られたり。

もたい　今はもうソファからも下りられないと思う。足折れそうなんだもん。

安藤　落ちるって感じだもんね、ドスンって。

群　でも、ビーちゃんって、丈夫は丈夫よね。歳とるまでそんなになかったんじゃない、病院行くなんて。

安藤　今年初めてだよね、病院へ行ったの。お尻やぶけたの。

群　今年の冬だったよね。安藤さんが「もしかしたらビー死ぬかもしれないから、見においでよ」って言うから、私、パジャマの上にコート羽織って行ったのよ。そうしたら、目がつり上がっちゃって、お腹を触ると歯をむいて怒って。

もたい　病院に行ったら、最初、手のじん帯がおかしいんじゃないかって言って、お尻に痛み止め注射してもらって、一応おさまったのね。そして、二日ぐらいしたら、自分で患部をなめて傷口を開いちゃって、膿を全部出しちゃった。ちょうど往診に来た先生が「あー、これだったのか。ごめんねー」って。

群　しょうがないよね、歳とった猫は。あっちこっち悪くなるもん。

ビーと韋駄天お嬢しい

群　ビーちゃんは、ほんとに心の優しい子なんですよ。うちの女王気質の猫が手を出しても、ビーちゃんがすっごく耐えてくれて。

もたい　しいちゃんは問題児ですからねえ。韋駄天お嬢と言われ（笑）。

群　最近、やっとお近くの方々には姿がご覧いただけるようになったんですけれども（笑）。

もたい　いまだにちょっとイリオモテヤマネコ状態で。

群　まだイリオモテヤマネコのほうが見られます（笑）。

もたい　「あれ、今通らなかった？」みたいな（笑）。

群　仔猫のころはビーちゃんにも飛びかかって水平打ち、スッパーン！って。ビーちゃんはしいが来る五年ぐらい前から来てて、しいのほうが新参者なのに。

もたい　ほんと、毎日行って群さんの膝に乗って寝て、十一時になると群さんが抱いて「ご返却でーす」って帰ってきてた。本人は自分の家だと思ってたのよね。

群　そうそう。ところが、しいは来たときから「ここはアタシのテリトリーだ」と思ってて、「何か知らないおじちゃんが来る——。何でアンタが来るのさ——」みたいな感じになってるわけですよ。

もたい　それでもって利口なの、ここのお嬢は。自分は絶対やられないような隙間から手を出してやるのよー。

群　戸の陰に隠れてジーッと見てて、いきなり隙間からバコッとやるから、ビーちゃんは誰にやられたかわからなくて、うわあっと大泣きして走り回るの。そこを、またバコッと。「そんな姑息な手段をとるのやめなさい！　正々堂々とおやり」とか言うんだけど、しいも自分のほうがちっちゃいってわかってるから、やめない。

もたい　そのころはビーはまだ元気だったから、しいちゃんの倍ぐらいあったよね。

群　ソファでビーちゃんを膝に乗っけてたら、しいもスルスルッと入ってきて、ビーちゃんの背中の毛を嚙んで引っ張って、「どけ」とやったり。

もたい　おーおー。

群　ビーちゃんがいつものように私のベッドで寝ようとしたら、先にベッドに乗っていたしいがいきなりビーちゃんの顔面を水平打ちしたり。

もたい　それ、もう近所中の猫がやられてると思います。

群　テーブルや椅子の上からビーちゃんの背中に飛び乗って、ロデオみたいに部屋中をかけ回ったり。

もたい　ビーもいい災難だったねえ。

悲恋に終わった、ビーの春

群　何か、ビーちゃんってひたすら耐えてきたみたい。

安藤　ガンジーのように無抵抗主義だよね。

群　かぶりものをさせても嫌がらないし。節分に鬼の面つけてきたこともあった。

もたい　ほかにいろいろ持ってます。サンタさんの帽子と獅子舞いの頭。

群　あと、アロハシャツにTシャツ。似合うのよね。

安藤　小さいころから怒ったことなかったよ。とにかく人を嫌うということがなくて。『やっぱり猫が好き』という番組名も、ハタノさんと私が、うちで話してて、「あとはタイトルなんだよねえ」と言ってたときに、人好きなビーがチョロチョロッと来て、それで「あ、猫……猫が好きでいいんだよね」って決まったのよ。

もたい　あの番組のきっかけになった猫が、今や老いてたれ流し状態という……涙を誘う物語です（笑）。

安藤　そういえばあのころ、ビーにはガールフレンドがいたんだよ。もうその子は死んじゃったけど、ナツという子が私の友だちの家にいて、よくそこにビーを預けたのね。

あのころがビーの春だったねえ。優しくてかわいい子でね、ビーがご飯を食べるのをじーっと見てて、ビーが食べ終わったら自分が食べる。

群　あらま、かわいい。

安藤　それが、その友だちが離婚して、夫がナッちゃんを連れてっちゃった。

群　じゃあビーちゃんとナッちゃんは生き別れみたいな形になっちゃったの。

安藤　そう。私は新しい奥さんとも知り合いだったので、一回だけ訪ねていったことがあるのね。「こんにちは」って言って入っていったら、暖房機の上で無気力な顔つきをしてたナッちゃんが、ビーが来たと思ったんだね、パッと来たよ。そうして、またガクーッと……。

もたい　「ああ、ビーちゃん、いないわ」って。かわいそうに。

群　動物って飼う人に翻弄される部分があるから、かわいそうだよね。

安藤　悲恋だったね、あれは。

猫同士で介護?

群　同じメスでも、うちのしいは水平打ちしたりロデオしたり……。

もたい　ちょっと年齢差がありすぎるのかしら。

群　いや、性格的な問題だと思う（笑）。でも、ビーちゃんにはいろいろ教えてもらってね。お風呂場の桶で水飲むとか。

もたい　もう、よけいなことばっかり教えて（笑）。

群　ビーちゃんがうちの中を歩くのが気になってチェックしてるうちに、お風呂場で水飲んでるのを見て、まねするようになったの。それもビーちゃんと同じ器では飲まないから、うちのチビ用の桶も置いて（笑）。あと、カリカリのエサを手で器からすくい出して食べるのも教えてもらって。

もたい　落として食べるんだよね、何だか知らないけど。

群　それを見たときは、うちの猫、目がこんなに大きくなっちゃって。

もたい　それもまねする？

群　ちょっとまだ。水でやってみて、うまくいかなくて一生懸命考えて、今度は缶詰めのエサでやってみて「ハー」とか言ってる（笑）。

もたい　今、あの二人、すっかり関係が落ち着いちゃったよね。お互いに「ああ、いるな」って感じで、全然キャーキャー言わない。

群　それはもう、優しいビーちゃんがひたすら耐えてくれたおかげよ。二匹でグルグル言って顔をなめ合って、巴型になって寄り添って寝てたりするし。もしかしたら、将来、しいちゃんがビーちゃんの面倒をみたりして？

もたい　いいねえ。
群　猫同士で介護。「おじいちゃん、お腹さしゅりー」みたいな（笑）。

ビーともたいさんの一日

群　もたいさんは、お仕事のない日は朝から晩までビーちゃんと一緒にいるわけでしょ。どんな感じですか？
もたい　このごろ、何だか知らないけど、七時ごろに起こされるんだよ。
群　ほっぺたポンポンって？
もたい　うん。それで、ご飯なのかなあと思って、缶詰めを開けて「ほら、開けたよ」と言ってやるんだけど、何だかベッドルームでボーッと放心してるの（笑）。前はお腹すいてるとすぐ飛んできたんだけど。
群　起こして、まず放心（笑）。
もたい　それで、ご飯食べて、お水飲んで、その辺うろうろして、しいちゃんに会いに行ったりして。それで、一段落するとひと寝入り。
安藤　何かときどき昼ぐらいに行くと、もたいさんとビーが二人一緒になって寝てる。「わあ、こうやって歳をとっていくんだな」って、何かしみじみとした気分になったりして（笑）。

群　何か猫って飼い主の体質に似てくるのよね。で、午後は？

もたい　もう今はずっと寝ています。起きてたら玄関開けてやって、ちょっと下の中庭へ行ってパトロールして。

群　やっぱり中庭には行くのね。

もたい　でも、随分回数が少なくなったし、短くなった。

安藤　夏にヤモリを異常に捕ってたよね。

もたい　もう鼻をこんなふくらまして、得意げで。ヤモリとか、セミとか。

群　うちのはネズミ、スズメ。ビーちゃんは昆虫が多いんだよね。

もたい　歳とってから外に行くようになったから、ネズミとか鳥なんて捕れない、捕れない。せいぜいバッタ。

安藤　自分がカラスに狙われたりとか。

群　そうそう。一回カラスに囲まれて、あのとき大変だったのよ。

もたい　パトロールしたら、午後はずっと夜まで寝ています。途中でご飯食べて、トイレして。

群　夜、寝るときはどう？

もたい　私がソファでテレビ見てると寄ってきて膝の上で寝てるのを「寝ようか？」っ

て抱いて行くこともあるし、ビーが先にベッドへ行って寝てるときもある。
いい思いをさせてもらったから……

群　でも、ビーちゃん、昔に比べたらやせたよね。
もたい　顔がすごくちっちゃくなってきてる。前はまん丸顔だったのがシャム顔になってきた。トンキニーズからシャムに。
群　前は、こんな丸顔でシャム猫なんて嘘だって、トンキニーズだって言ってたのよね。でも、本で見たら、シャムの原種って丸顔だったのよね。
もたい　そうそう。でも、今は普通のシャム猫みたいに細く。
群　だから、前を知らなければ、そんな歳には見えない。
もたい　でも、この一、二年で急にドーンって老けた。
群　今後が大変よね。
もたい　今からすっごい気が重い。食べ物のこととか。
群　ビーちゃんに望むことはありますか？
もたい　あんまり面倒かけないでソーッと逝ってね（笑）とは思うけど。でも、十五ぐらいまでは全然病気もせずに手がかからなかったから、これからは多少手がかかってもしょうがないのかなあ。

群　自分もいい思いさせてもらってるしね。

もたい　そうなのよ。すごく疲れて人にも会いたくないようなときとかね。こんなちっちゃいものに体温があって、自分と同じように心臓がドクドク波打ってるというのが、妙に、当たり前のことなんだけど、すごいことに思えるときがある。心が弱くなっちゃっているとき。そういうとこではホント役に立ってるヒトなのよねえ。

群　こっちが話してることがわかるみたいなときもあるよね。

もたい　そう、自分がされて嫌な話なんて、すごいわかるみたいよ。

群　うちのしい、夏に一週間家出したでしょう。おとというちでなごんでたときに「しいちゃんさあ、夏に家出したときに雨いっぱい降ったじゃない？　あのとき、どこにいたの？」って言ったら、スーッといなくなったもの。

もたい　ビーも、尻の話をすると、「うえーうえーうえー」、言うなって。

群　渋谷にいる若いやつより言葉を理解すると思う。

もたい　何か、人間や動物から出てるモヤモヤした「気」みたいなもので察知するんじゃない？

群　人間と動物って、支え合いながら微妙な関係にあるような感じがするのね。たとえば触ったり撫でたりしていると、向こうも落ち着くけど、こちらも何かもらってるでしょう。うちの猫はビーちゃんの歳になるまでまだ間があるけど、老猫と飼い主の関係は、本当に他人事じゃないのよね。飼い主が気丈にちゃんとしなくちゃいけないだろうし。

ちゃんと看取ってやれば後悔はないということなんでしょうけど。できればやはり、ソーッと逝っていただければと願っております。

(二〇〇一・十・十三)

本書は一九九九年七月、筑摩書房から刊行された。

モモヨ、まだ九十歳 群ようこ

東京で遊びたいと一人上京してきたモモヨ、九十歳。好奇心旺盛でおシャレな祖母の物語。まだまだ元気な〈その後のモモヨ〉を加筆。（関川夏央）

本取り虫 群ようこ

本を読むのをやめられない！ そんな著者のとっておき、心に残った本をお教えします。読書遍歴の始まりは「金太郎」だった。（ツルタヒカリ）

かつら・スカーフ・半ズボン 群ようこ

〃特別の時のため〃にとっておいた下着、幅広の足にも似合う靴、スカートよりパンツ……。嫌いなものは嫌い。自分らしくあるためのお洒落エッセイ。

一葉の口紅　曙のリボン 群ようこ

美人で聡明な一葉だが、毎日が不安だった。近代的なお嬢様、曙にも大きな悩みが……。二人はなぜ書くことに命をかけたのか？ 渾身の小説。（鷺沢萠）

笑ってケツカッチン 阿川佐和子

ケツカッチンとは何ぞや。ふしぎなテレビ局での毎日。時間に追われながらも友あり旅ありおいしいものありのちょっといい人生。（阿川弘之）

蛙の子は蛙の子 阿川弘之・阿川佐和子

当代一の作家と、エッセイにインタヴューに活躍する娘が、仕事・愛・笑い・旅・友達・恥・老いについて本音で語り合う共著。（金田浩一呂）

二人の手紙 阿川佐和子・神津十月

自分らしく生きるとは？ 30代女性の呼吸のあったやりとりがじわーっとしみこんでくる、ワシントン（佐和子）東京（カンナ）を結ぶ1年間のエアメール。

わたしの日常茶飯事 有元葉子

毎日のお弁当の工夫、気軽にできるおもてなし料理、見せる収納法やあっという間にできる掃除術など。これで暮らしがぐっと素敵に！（村上卿子）

ユーモアの鎖国 石垣りん

自分の歩んできた道、自作の詩にまつわる話や、何げない日常生活のひとコマから、社会への鋭い批判を展開したエッセイ等を集める。（天野祐吉）

焰《ほのお》に手をかざして 石垣りん

都会で一人暮らす詩人の胸をよぎるゆかりの人、なつかしい日々——。やさしさと残酷さ、運命の重みに彩られた人生の哀歓。

夜の太鼓　石垣りん

日々の暮しの中で気になった出来事・人・言葉。そこにひそむ不合理、不安を鮮やかに描き出し、大切なことを思い出させてくれるエッセイ集。

うたの心に生きた人々　茨木のり子

こんな生き方もあったんだ！　破天荒で、反逆精神に溢れ、国や社会に独自の姿勢を示し、何より詩に賭けた四人の詩人の生涯を鮮やかに描く。

いつかイギリスに暮らすわたし　井形慶子

失恋した時、仕事に疲れた時、いつも優しく抱きとめてくれたのは、安らぎの風景と確かな暮らしのあるイギリスだった。あなたも。（林信吾）

南の島に暮らす日本人たち　井形慶子

ミクロネシアの五つの島で出会った日本人達の夢と現実の素顔に迫り、自分自身を見つめ直していく、スピリチュアルな旅の物語。（星野正興）

十六夜橋（いざよいばし）　石牟礼道子

不知火の海辺で暮らす土木事業家と彼をとりまく三代の女たち。人びとの紡ぎ出す物語は現と幻、生と死、そして恋の道行き。（辺見庸）

男流文学論　上野千鶴子／小倉千加子／富岡多恵子

「痛快！　よくぞやってくれた」「こんなもの文学批評じゃない！」　吉行・三島など〝男流〟作家を一刀両断にして話題沸騰の書。（斎藤美奈子）

女の人生すごろく　小倉千加子

思春期→おつきあい→OL→結婚、で「あがり」？　抱腹絶倒のうちに、次々と明かされていく女の人生。西原理恵子さんとの語り下ろし対談付き。

セックス神話解体新書　小倉千加子

これでどうだ！　小気味いいほど鮮やかに打ち砕かれていく性の神話の数々。これ一冊であなたのフェミニズムに対する疑問は氷解する。（柏木恵子）

リカちゃんのサイコのお部屋　香山リカ

読者からの心の悩みにリカちゃん先生が、やさしくお答えします。岡崎京子さんを迎えたサイコロジー講座、サイコ用語辞典付き。（根本敬）

ココロのクスリ　香山リカ

「悩んでいるのは、あなただけじゃない。」リカちゃん先生からのメッセージが伝わる。愛と笑いに満ちた、心の処方箋。（サエキけんぞう）

自転車旅行主義 香山リカ

夜の病院の当直室から、一人の精神科医が自転車をこぎだす。心理学、哲学、ファンタジーを旅しながら世界の新しい姿を紡ぎだす。（町田康）

カモイクッキング 鴨居羊子

食通なんて気にしない。平凡な舌と健康な胃袋、あふれる好奇心で食卓をたのしむのがカモイ流。異色デザイナーの極楽エッセイ。（早川暢子）

まるごと好きです 工藤直子

まずまるごと好きになる。話はそれからだ。すてきな友だちがたくさんいる著者が、友だち作りのコツ、ポイントを教えてくれる。（河合隼雄）

見晴らしガ丘にて 近藤ようこ

エセ文学青年もポルノ作家も女占い師も、この街ではどきどき切なくやるせない。ユーモラスな描写、愛情。珠玉の短篇集。（松浦理英子）

美《いつく》しの首 近藤ようこ

地獄に落ちた安寿と契りを結んだ厨子王のその後は？　若君の許嫁と猿まわしの少年の初恋は？　ユーモラスで逞しい中世物語。（火坂雅志）

おんなたちの町工場 小関智弘

最先端技術を支えるものづくりの現場は男だけのものではない。町工場を支えるたくましい女性たちの姿を、旋盤工の著者が描く。（小沢信男）

ふるさと隅田川 幸田文　金井景子編

水に育まれ、人生の節目に水音をいつも身近に聴きながら、その計り知れない力の様態を問い続けた幸田文。「水の風景」を主としたアンソロジー。

クラクラ日記 坂口三千代

戦後文壇を華やかに彩った無頼派の雄・坂口安吾との、嵐のような生活を妻の座から愛と悲しみをもって描く回想記。（巻末エッセイ＝松本清張）

私はそうは思わない 佐野洋子

佐野洋子は過激だ。ふつうの人が思うようには思わない。大胆で意表をついたまっすぐな発言をする。だから読後が気持ちいい。（群ようこ）

妊娠小説 斎藤美奈子

『舞姫』から『風の歌を聴け』まで、望まれない妊娠を扱った一大小説ジャンルが存在している——意表をついた指摘の処女評論。（金井景子）

百日紅《さるすべり》（上）　杉浦日向子

文化爛熟する文化文政期の江戸の街の暮らし・風俗・浮世絵の世界を多彩な手法で描き出す代表作の決定版。初の文庫化。（夢枕獏）

百日紅《さるすべり》（下）　杉浦日向子

北斎、娘のお栄、英泉、国直……奔放な絵師たちが闊歩する文化文政の江戸。淡々とした明るさと幻想が織りなす傑作。

二つ枕　杉浦日向子

夜ごとくり返される客と花魁の駆け引き。江戸は吉原の世界をその背景を含めて精密に描いた表題作の他に短篇五篇を併録。（北方謙三）

YASUJI東京　杉浦日向子

明治の東京と昭和の東京を自在に往還し、夭折の画家井上安治が見た東京の風景を描く静謐な世界。他に単行本未収録四篇を併録。（南伸坊）

遠い朝の本たち　須賀敦子

一人の少女が成長する過程で出会い、愛しんだ文学作品の数々を、記憶に深く残る人びとの想い出とともに描くエッセイ。（末盛千枝子）

ことばの食卓　武田百合子　野中ユリ画

なにげない日常の光景やキャラメル、枇杷など、食べものに関する昔の記憶と思い出を感性豊かな文章で綴ったエッセイ集。（種村季弘）

遊覧日記　武田百合子　武田花写真

行きたい所へ行きたい時に、つれづれに出かけてゆく。一人で。または二人で。あちらこちらを遊覧しながら綴ったエッセイ集。（巖谷國士）

性分でんねん　田辺聖子

あわれにもおかしい人生のさまざま、また書物の愉しみのあれこれ。硬軟自在の名手、お聖さんの切口がますます冴えるエッセー。（氷室冴子）

かるく一杯　田辺聖子

自作について、老年について、投稿に見る現代人の諸相など、年とともにさらに洞察力の深まりを見せる著者の愉しいエッセー。（今江祥智）

おせいさんの落語　田辺聖子

思わず抱腹絶倒するような田辺流創作落語の数々。不良老人や、女房に先立たれ、すずめと結婚した男など、ありそうな話から荒唐無稽な話まで！

蝶花嬉遊図 田辺聖子

妻子ある五十男と同棲する浅野モリ三十三歳。愛の喜びを知った二人に忍び寄る不安。田辺文学のエッセンスの詰まった恋愛小説。(川上弘美)

春情蛸の足 田辺聖子

高級なモンが食べたいンやない。好きな異性と顔寄せて好物を食べたい……人生練れてきた年頃の男の切なさを描く連作小説集。(わかぎゑふ)

智恵子紙絵 高村智恵子

「智恵子は見えないものを見、聞えないものを聞く」(高村光太郎『智恵子抄』)。晩年の二年間、病院で作った切抜き絵の傑作を新編集で贈る一冊。

恋する伊勢物語 俵万智

恋愛のパターンは今も昔も変わらない。恋がいっぱいの歌物語の世界に案内する、ロマンチックでユーモラスな古典エッセイ。(武藤康史)

るきさん 高野文子

のんびりしていてマイペース、だけどどっかヘンテコな、るきさんの日常生活って? 独特な色使いが光るオールカラー。ポケットに一冊どうぞ。

素足が好き 高田喜佐

二千点以上の靴をつくってきた話、大橋歩さんらとの友情や母親の面影、大好きな青山の街と湘南の海など、軽快に綴るエッセイ集。(高橋睦郎)

小さな生活 津田晴美

暮らし方は、その人の現実への姿勢そのものだ。流れに身をまかせた時代を卒業し、自分らしい「小さな生活」を築きたい人へ。(渡辺武信)

旅好き、もの好き、暮らし好き 津田晴美

旅で得たものを生活に生かす。風景の中に「好き」を見つける。インテリアプランナーの視点から綴る、旅で見出す生活の精神。(沢野ひとし)

コミュニケーション不全症候群 中島梓

「私の居場所はどこにあるの?」——おタク、ダイエット、少女たちの少年愛趣味、そしてオウム……。すべては一本の糸でつながっている。(大塚英志)

美少年学入門 増補新版 中島梓

少年——それはひとつの思想である。マンガ、小説、映画、現実……世のすべての事象を手がかりに、あるべき美少年の姿を徹底的に論じつくす。

夢見る頃を過ぎても 中島梓

文芸誌はいったい誰が読んでいるの!? みんなが思っているだけで口にはしなかったことを舌鋒するどく論じる中島流文芸批評。（安原顯）

世界によってみられた夢 内藤礼

美術家・内藤礼がていねいにつくった、小さな美しい本。オブジェ、ドローイング、文章が、静かにつよく、そこに在る。オールカラー。

二人の平成 橋本治 中野翠

「昭和」の終りに何を思い、「平成」の初めにどう考え、そして大地震・オウムの大事件については……。偉才と鬼才の二人が熱っぽく語った対談集。

ワーキングマザーと子どもたち 久田恵

働く母親を支えたのは、子供の健気な姿だった。子供たちの寂しさ、悲しさ、喜びなど心の内面を共感こめて描く。（杉山由美子）

育児力 藤村美津 伊藤雅子

子どもは母親が育てるべき!? 旧来の育児のあり方、女の暮らしのあり方に疑問を呈し、親も子も、人とのかかわりの中で育つことの大事さを説く。

優しい去勢のために 松浦理英子

『親指Pの修業時代』の著者が雌伏していた十年間に書き溜めたエッセイの集大成。時代に先駆けた主張がみごとに浮び上がる。（斎藤美奈子）

花より花らしく 三岸節子

日本洋画の黎明期より女流画家としての苦難の道を切り拓いた第一人者が、自らの足跡を真摯に綴った熱情あふれるエッセイ集。（司馬遼太郎）

三島由紀夫レター教室 三島由紀夫

5人の登場人物が巻き起こす様々な出来事を手紙で綴る。恋の告白・借金の申し込み・見舞状等、一風変ったユニークな文例集。（群ようこ）

記憶の絵 森茉莉

父鷗外と母の想い出、パリでの生活、日常のことなど、趣味嗜好をないまぜて語る、輝くばかりの感性と滋味あふれるエッセイ集。（中野翠）

ベスト・オブ・ドッキリチャンネル 森茉莉 中野翠編

週刊新潮に連載（79～85年）し好評を博したテレビ評。一種独特の好悪感を持つ著者ならではのユーモアと毒舌をじっくりご堪能あれ。（中野翠）

マリアの気紛れ書き　森茉莉

「自惚れに怒りをまぜて加熱すればマリアが出来上る」など極めつきの表現やエスプリが随所にちりばめられた文学エッセイ。（小島千加子）

甘い蜜の部屋　森茉莉

天使の美貌、無意識の媚態。薔薇の蜜で男たちを溺れ死なせていく少女モイラと父親の濃密な愛の部屋。稀有なロマネスク。（矢川澄子）

貧乏サヴァラン　森茉莉　早川暢子編

オムレット、ボルドオ風茸料理、野菜の牛酪煮…。食いしん坊茉莉は料理自慢。香り豊かな〝茉莉ことば〟で綴られる垂涎の食エッセイ。文庫オリジナル

マリアのうぬぼれ鏡　森茉莉　早川暢子編

「ありとあらゆる愉快なもの、きれいなもの、奇異な考え、空想で一杯」の頭の中から紡ぎ出された、極めつきの茉莉語録。文庫オリジナル。

谷中スケッチブック　森まゆみ

昔かたぎの職人が腕をふるう煎餅屋、豆腐屋。子供たちでにぎわう路地、広大な墓地に眠る人々。取材を重ねて捉えた谷中の姿。（小沢信男）

不思議の町 根津　森まゆみ

一本の小路を入ると表通りとはうって変って不思議な空間を見せる根津。江戸から明治期への名残りを留める町の姿と歴史を描く。（松山巖）

しんきらり（全）　やまだ紫

結婚して十年、とりわけ大事件が起こったわけではない日常生活の中で、少しずつ壊れていく男と女の絆をするどく描いた話題の漫画。（矢崎藍）

新編 性悪猫　やまだ紫

「せけんなど　どうでもいいのです　お日様いっこあれば」しなやかで、シニックな猫たちをやさしく歌う抒情詩的な女性マンガ。（佐野洋子）

増補 ハナコ月記　吉田秋生

「オトコってどおしてこうなの？」とハナコさん。「オンナってやつは」とイチローさん。ウフフと笑いがこみあげるオールカラー。（糸井重里）

かっこよく年をとりたい　吉本由美

老後こそ楽しく、おしゃれでいたいと願う著者が実践する、かっこいいおばあさんになるためのヒント。来るべき老後のために！（中野翠）

ちくま文庫

ビーの話

二〇〇一年十二月十日　第一刷発行

著　者　群ようこ（むれ・ようこ）
発行者　菊池明郎
発行所　株式会社　筑摩書房
東京都台東区蔵前二―五―三　〒一一一―八七五五
振替〇〇一六〇―八―四一二三
装幀者　安野光雅
印刷所　明和印刷株式会社
製本所　株式会社積信堂

ちくま文庫の定価はカバーに表示してあります。
乱丁・落丁本及びお問い合わせは左記へお願いいたします。
筑摩書房サービスセンター
埼玉県さいたま市櫛引町二―六〇四　〒三三一―八五〇七
電話番号　〇四八―六五一―〇〇五三

ISBN4-480-03692-X C0195